정동진 여정

正東津 旅情

정동진 여정
正東津 旅情

초판 1쇄 발행 2017년 3월 1일

지 은 이 조규빈
발 행 인 권선복
편   집 심현우
디 자 인 서보미
전 자 책 천훈민
발 행 처 도서출판 행복에너지
출판등록 제315-2011-000035호
주   소 (07679) 서울특별시 강서구 화곡로 232
전   화 0505-613-6133
팩   스 0303-0799-1560
홈페이지 www.happybook.or.kr
이 메 일 ksbdata@daum.net

값 13,000원
ISBN 979-11-5602-479-8 03810

도서출판 행복에너지는 독자 여러분의 아이디어와 원고 투고를 기다립니다. 책으로 만들기를 원하는 콘텐츠가 있으신 분은 이메일이나 홈페이지를 통해 간단한 기획서와 기획의도, 연락처 등을 보내주십시오. 행복에너지의 문은 언제나 활짝 열려 있습니다.

正東津 旅情

정동진 여정

추억으로
간직된
삶과 서정의
이야기

조규빈 수필집

도서
출판 행복에너지

인간은 무한한 정서를 간직하며 내일을 위한 삶을 이어온다.

우리의 삶에서 떠오르는 생각은 오늘을 지나면 머릿속에서 지워지는 것들이 대부분이다. 간혹 감명 깊게 느낀 정서는 오랫동안 간직되기도 하지만, 결국은 망각이라는 너울을 벗지 못하고 만다.

기록은, 그래서 필요하다. 순간적으로 곁을 떠났던 일들이 빛바랜 모습의 틀을 벗고 선명하게 나타나기 때문이다. 나도 숱한 세월을 지나오면서 순간순간의 체험을 통해 겪고 느낀 점이 한두 가지가 아니며 때로는 깊은 감명을 받은 바도 적지 않다. 그러나 시간이라는 긴 여행에서는 그렇게 깊은 감명을 받은 순간도 지극히 짧은 한순간에 불과했다. 지나고 나면 머릿속은 텅

비어 있을 때가 많다. 그래서 지나간 일은 시간의 틈새를 뒤로 돌려가며 당시의 장면을 머릿속에 그리면서 오늘의 시간으로 맞추어 보았다. 순간적으로 떠오르는 생각을 주저 없이 기록으로 남겼다면 보다 생생한 느낌이 되었으리라 짐작한다.

정과 사랑도 마찬가지이다. 사람마다 느낌이 다르고 서정적 장면도 무한하다. 느낌이나 체험에서 받는 무한한 서정적 장면을 연극에서 재현하듯 돌이키는 노력만으로는 그 전달이 이루어질 수 없다.

추억 속에 간직된 이야기를 두 가지로 나누어 본다.

첫 부분인 세월이 지나는 자리는 직접 겪었거나 무심히 지나온 일들을 이야기로 꾸며 삶의 의미를 찾고자 했다.

두 번째, 서정이 움트는 자리에서는 정감 있는 그림을 그리며 인간의 보편적인 느낌을 묶어 보았다.

등단 후 처음으로 엮어 보는 이야기이지만, 앞으로의 새로운 길을 모색할 수 있는 길잡이가 되어 세상에 밝은 빛으로 나타나기를 바란다.

正東津
旅情

제2부 서정의 갈무리

東津旅情

제1부 세월이 지나는 자리

세월은 시간을 앞세우며 강물이 흐르듯 홀로 스쳐간다.

동행하는 그림자는 없지만 지나는 자리마다 흔적을 남긴다.

세월의 틈새는 우리가 느끼지 못하는 세상을 마련한다.

그곳에는 이웃이 있고 인생이 있으며 세상살이가 있다.

낭만적 풍경에도 세월은 결코 뒷모습을 보이지 않는다.

세월은 휘적휘적 가던 길을 멈추지 않고 또 하나의 시간을 마련한다.

세월은 기다려 주지 않는다. 오늘은 다만 오늘일 뿐이다.

비록 내일의 시간이 있다손 치더라도 그것은 오늘의 시간이 아니다.

일장춘몽이라는 말로 짧은 세상살이를 탓한다.

세월이 무상한 것이 아니라 세상살이가 덧없는 것이다.

시간이 세월을 앞지르며 인간사 모든 일을 관장하여 사람들은 세월이

덧없다고 표현한다.

세월이 자연의 순리에 따라 흐름을 멈추지 않는데 사람들은 지나온

세월을 원망하며 되돌리려 애를 태운다.

모두들 무심한 세월이라고 한다. 그러나 그곳에는 정이 있고 후덕한

인심이 있으며 사랑이 있다.

세월이 흐르는 자리에 남겨진 자리를 인간들은 역사라고 이름 붙여

오늘을 창조한다.

사람들은 숨겨진 역사를 찾으려 하지만 세월은 갈피 틈새가 겨우 보일

듯이 하다가 다시 닫는다.

세월이 흐르고 나면 추억이 남는다. 역사란 추억이 엮여 만든 세상살이

의 흔적이다.

●

정　正
동　東
진　津
여　旅
정　情

　새해를 맞이하는 길목에서 마음도 몸도 들떠 있는 모습들이다.
매년 되풀이되는 새해맞이건만 다가오는 새해는 아주 특별하게
맞춤 제작하여 맞이하는 해라도 되는 모양새이다.

　내가 찾은 정동진에서도 그러한 훈기는 버릴 수 없는 풍경
이다. 정동진은 옛사람들로부터 해돋이의 명소로 기림을 받으
면서 '정동正東'이라는 말에 특별한 의미를 부여받고 있다. 정동
은 서울 경복궁에서 바로 동쪽에 위치한다고 해서 붙은 이름이다.
기록에 의하면 이곳은 매향처埋香處라고 한다. 고려 충선왕 원

년1309에 고성 삼일포와 함께 1,500그루의 향목香木을 묻었다고 한다. 옛사람들은 천 년을 바라보며 이곳에 향나무를 묻었었다. 그들은 왜 시공을 초월하는 먼 훗날을 내다보며 이곳에 향나무를 묻었으며, 또 그것은 무엇을 의미하는 것일까.

우리 선인들은 현세보다는 내세를 존중했었다. 현실의 불안과 고통을 떨치고 내세의 안녕을 기원했었다. 그래서 이 나라 곳곳에는 현세불인 석가불보다 미래불인 미륵불의 현신을 기원하는 흔적을 심심찮게 엿볼 수 있지 않는가. 아마 천 년을 내다보며 향나무를 묻은 우리 선인들의 바람도 미륵불의 현신을 기원하는 간절한 마음에서 출발한 것은 아닐는지. 아니면 새로운 천 년의 시작을 알리는 밀레니엄에 대한 기대감은 아닐는지.

정동진은 젊은이들 사이에서 해돋이의 명소로 부각되고 있는 곳이다. 정동진이 세인의 입에 오르내리게 된 것은 장안의 화제를 모았던 방송 드라마 '모래시계' 때문이라고 생각한다. 그 드라마에서 남녀 주인공들의 비어 있는 가슴을, 바닷가 철길을 배경 삼아 한 그루 소나무에 하소연하려던 386세대의 애절함이 머릿속에 각인되어 떠나지 않고 있다는 것도 하나의 이유일 것이다.

정동진에 서면, 먼저 연가가 떠오른다. 천 년 매향처라고 이르는 민물과 바닷물이 합수하는 곳을 지나 산 굽이굽이 석벽을 맞이하면, 수로부인의 향기가 숨을 쉬는 헌화가獻花歌의 발상지가 우리를 까마득한 옛날로 인도한다. 이곳은 골이 깊어 심곡深谷이라 한다. 바닷가 벼랑에 매달리듯 질붉게 핀 철쭉꽃은 너무나 화사하여 아름다움의 극치를 이룬다.

범접할 수 없는 고고함을 지녔기에 수로부인의 마음을 빼앗고 말았다. 지나가는 촌로는 꽃에 취하고 수로부인의 미색에 취하여 넋을 빼앗기고 만다. '나를 부끄러워하지 않는다면/꽃을 꺾어 바치오리다'라는 촌로의 속삭임은 절절한 연가의 애틋함이다. 소월은 '영변의 약산 진달래꽃/아름 따다 가실 길에 뿌리우리다'라고 하여 임에 대한 축복을 마음속으로 빌고 있으나, 헌화가의 촌로는 의연하게 자신의 속내를 드러내고 있지 않은가.

신화적인 이야기에서 깨어나면 젊은 연인들을 위한 산책로를 겸한 해변 도로가 벼랑을 따라 매끄럽게 포장되어, 오가는 손님을 맞이한다. 요즈음에는 심곡에서 가파른 바닷가 석벽을 따르며 오름 동산을 휘돌아 정동진에 이르는 둘레길, '바다 부채길'이 놓아져 수로부인의 마음과 현대를 아우르는 절경을 관광객에게 선사하고 있다.

정동진은 해오름의 고장이라고 한다. 나는 '해오름'이라는 말을 좋아한다. 제주도에서 만난 오름 동산에서 그럴 듯한 기대를 갖게 되었다. 원래 오름은 화산지대에서나 볼 수 있는 것으로 분화구와 대칭으로 나타나는 현상을 말한다.

제주도 사람들은 오름의 상대적 개념으로 내림이라는 말을 사용한다. 내림의 분화구가 떨어지는 나락으로 심연을 연상케 한다면, 오름은 무엇인가 잉태하고 있어 언젠가는 탄생의 환희를 안겨 줄 것만 같은 기대가 가슴 부풀게 하는 곳이다.

이러한 기대가 해오름이라는 말에 좀 더 명쾌한 답을 가져다 준다. 바로 '서기瑞氣'였다. 우리 인간에게 오름에서 맛보는 서기

가 없었다면 얼마나 삭막할까. 그래서 모든 이들이 서기집문瑞氣
集門을 기원하며 간절히 소망하고 있는 것이 아닌가. 그것은 인
생이 아름답게 채색되는 밑그림에는 언제나 은은한 서기가 함
께 하고 있기 때문이다. 이러한 서기를 우리는 정동진의 오름
동산에서 맛볼 수 있다.

조용하던 주위가 서늘한 바닷바람이 휙 지나는가 싶더니 '와!'
하는 함성이 이른 아침 새벽을 가른다. 해가 얼굴을 내밀고 있
었다. 수평선 구름 사이로 눈썹 모양을 그리던 해가 제 모습을
찾는다. 너무나 맑다. 티 한 점 없는 선홍색 모습이 그대로 하늘
을 향해 덩그렇게 피어오른다. 장관이다. 광채도 없다. 그러나
그 속에는 서기가 용트림하듯 빙글빙글 돌고 있었다.

웅성거리던 주위가 숙연해진다. 떠오르는 해를 합장한 모습
으로 기도하듯 경건하게 바라보는 사람, 그대로 온몸이 정지된
듯 굳어 있는 사람…. 모두가 하나로 일체되어 있는 모습이다.
자연과 인간이 이렇게 동화되어 나타나는 정경에 내 마음까
지도 성스러움을 느끼게 한다. 바로 서기였다.

옛사람들이 다가오는 천 년을 내다보며 이곳에 향목香木을 묻었듯이 이제 천 년의 시간이 흐르면 밀레니엄 신드롬에 젖어 새로운 천 년을 맞이하겠지.

그러나 밀레니엄을 이루는 세월은 그리 만만한 흐름이 아니다. 굴곡진 시간들이 세월의 틈새마다 너울대는 파도로 기다리고 있을 것이다. 오늘을 사는 우리는 현재의 오늘이 아니라 다가오는 내일과 천 년의 기다림으로 이루어지는 밀레니엄 시대를 잊지 말아야 하겠다. 그리고 정동진의 '오름 동산'에서 해오름의 서기를 맞이해야겠다.

●

힐 솔
링 향
의 강
도 릉 江
시 陵

요즈음 힐링Healing이라는 어휘가 심심찮게 등장한다. 사전적
의미는 '마음의 치유' 정도로 가늠이 되지만, 좀 더 폭을 넓히자
면 생활 속에서 정신적, 육체적으로 지치고 상처받은 마음을 다
스려 건강한 삶을 되돌리는 것이라고 볼 수 있다.

마음을 안정시켜 주는 최고의 음률은 자연의 소리라고 한다.
수목원에서 자연을 벗하며 흐르는 개울물 소리에 마음을 씻어
내린다거나 이름 모를 새소리를 듣는 것도 힐링의 한 방법이다.
힐링의 최고의 공간은 새소리와 물소리가 들리는 자연이다. 자

연과의 교감에서 얻을 수 있는 심리적 안정이 곧 건강한 삶이라고 할 수 있다.

강릉은 소나무 고장이다. 그래서 '솔향 강릉'이라고 한다. 그런데 '솔향'이 '소나무 향기[솔香]'의 뜻인지, 아니면 '소나무 고장[솔鄕]'이라는 뜻인지 의견이 분분하다. 그러나 영어로 'Pine city'라고 부르는 것을 보면 후자가 더 어울리는 것 같다. 강릉은 예로부터 맑은 물과 소나무와 감나무가 많다고 해서 '강릉 삼다三多'라고 했다. 그만큼 강릉은 소나무의 고장임이 자명하다.

이 고장에 자생하는 소나무로는 키가 작고 가지가 옆으로 퍼진 반송, 해변에서 바다의 모진 바람을 이겨 내며 자라는 해송, 줄기가 밋밋하고 하늘 높이 솟아 위용을 자랑하는 금강송이 있다.

금강송은 우리나라를 대표하는 소나무로, 겉 색깔이 붉기 때문에 적송이라 부르며 춘양역에서 서울로 반출했다고 하여 춘양목이라 일컬어지기도 한다. 겨울철 나무에 쌓이는 눈을 견디기 위해 나뭇가지가 하늘을 향해 곧게 자라며 밑동에서 끝부분까지 굵기가 한결같은 특징을 지닌다. 나무의 재질도 굳고 단단하며 방향성 물질을 많이 함유하고 있어 벌레들이 쉽게 접근하지 못해 궁궐을 지을 때나 보수할 때에도 많이 이용된다.

이곳은 울창한 나무가 자산이다. 소나무가 어우러져 군락을 이루는 경관을 바라보는 것만으로도 힐링의 기운을 느낀다. 현대인은 온갖 스트레스에 시달리며 정신적으로 피로감을 느끼고 있다. 삶이 단조롭던 시절에는 생활 패턴도 단순하여 마음을 빼앗기는 일이 적었으나 산업화시대로 접어들면서 마음 씀씀이도 번거로워졌다.

스트레스가 쌓이면 건강도 해치기 쉽다. 그러나 스트레스에 시달리던 사람도 자연과의 교감에서 건강한 삶을 찾을 수 있다고 한다. 심약한 마음을 치유할 수 있는 힐링의 공간은 고요를 깨치는 새소리가 있고 맑고 깨끗한 물이 흐르는 자연이다.

오대산 월정사로 향하는 길 좌우에 장엄한 모습으로 위용을 자랑하며 줄지어 서 있는 아름드리 전나무 길을 걸은 적이 있다.

산뜻하다는 말로는 표현이 되지 않는 서늘함과 온몸을 휘돌아 흐르는 기운이 있었다. 전율이었다. 그러면서도 마음은 상쾌함을 잃지 않았다. 바로 피톤치드phytoncide의 효과였다. 녹음이 짙은 숲속에서 나무들이 뿜어내는 방향성 물질을 피톤치드라 한다. 나무가 자라는 과정에서 자신을 보호하려고 내뿜는 살균, 살충 성분이 포함되어 있는 물질이다. 활엽수보다 침엽수에서 더 두드러진다고 한다.

피톤치드는 힐링의 커다란 자산이다. 사람이 피톤치드가 가득한 숲에서 신선한 공기로 호흡하면 피부와 마음이 맑아진다고 한다. 따라서 나무 숲속에서 풍기는 방향성 물질은 우리에게 신선함과 안정감을 느끼게 한다.

우리는 이웃과 사람들을 멀리하고, 깊은 산속에서 자연에 몸과 마음을 맡기고 자연의 순리를 배우는 사람들의 이야기를 매스컴에서 접한다. 사업을 하다가 실패하여 재기할 능력을 상실하여 자연 속에서 마음을 다스려 보겠다는 사람이나, 건강을 잃어 더 이상 약물 치료로는 예전의 강인한 삶을 기대하기 어려워

자연 속에서 그 해답을 얻으려는 사람들이다.

　자연은 참으로 위대하다. 자연 속에서 생활하다 보면 모든 것
을 얻을 수 있었다고 한다. 좌절하여 삶의 의욕을 상실했던 사
람에게 희망을 품게 하고, 자연과 더불어 생활한 것만으로 평상
시의 건강한 모습으로 돌아올 수 있었다고 한다. 힐링은 자연과
의 만남에서만 이루어지는 것은 아니다. 예술 작품에서 느끼는
심미감이나 성취감, 그리고 역사를 간직한 문화재에서도 얻을
수 있다.

　강릉은 힐링의 도시이다. 청정한 공기와 맑은 물이 있는 도시
이다. 연중 미세먼지와 스모그가 평균치를 밑돌며 푸른 하늘이
반기는 도시이다. 강릉은 힐링의 조건으로 또 하나의 변화를 시
도하고 있다. 청정 강릉을 위한 녹색도시 구현 사업이다. 온실
가스가 없는 깨끗한 강릉이 탄생하기를 기대한다.

　강릉은 호수와 바다가 지켜주는 명당지세이다. 동산에 오르
면 확 트인 바다와 경포 호수가 한눈에 들어온다. 그것만으로도

가슴에 쌓인 스트레스를 날려 보낼 수 있다. 가까이 펼쳐지는
호수와 바다의 푸른 물은 우리의 마음을 넉넉하게 한다.

●
상
고
대
핀

대
관
령
고
갯
길

태백산 국립공원에서 눈꽃 잔치를 벌인다고 한다. 그곳 정상
으로 오르는 탐방길에 온 세상이 하나로 펼쳐지는 설원雪原을 머
릿속에 그려 본다. 하얀 세상이 백두대간을 한 폭의 그림으로
눈앞에 펼쳐 놓는 정경이다.

춘매가 봄을 알리며 초여름 초록의 잎사귀에 싸여 연둣빛으
로 얼굴 내미는 아카시아 꽃 사이로 자취를 감추면, 가을은 국
화꽃으로 다가오는 계절을 맞이하려 준비를 한다. 그러나 겨울
은 꽃이 없는 계절이다. 매운 계절인 겨울은 눈바람을 몰고 오

며 옷깃을 여미게 하면서 가끔 세상을 하얗게 바꾸어 놓는다. 덤으로 나뭇가지마다 하얀 꽃송이를 심어 우리 마음을 즐겁게 한다. 하얀 눈송이를 아름다운 말로 대접하여 사람들은 설화雪花 라고 이른다.

그런데 아직 설화를 볼 수 없었다. 지구 온난화의 영향이라고 들 하지만 다른 때라면 매서운 눈바람이 몰아치는 계절인데도 바깥나들이에 큰 영향을 받지 않고 생활한다. 올해는 추위가 다가오는 속도가 느려 설화가 온 산을 덮는 광경을 볼 수 없었다. 가끔 눈이 내린다는 소식이 방송 전파를 타지만, 그런 소식은 남의 일인 양 아직은 이곳에서 눈다운 눈을 볼 수 없었다. 설화도 없는 겨울이니 삭막하리라 예상하고, 대관령 고갯마루에서 환하게 펼쳐지는 동해 바다를 바라보며 붉은 해가 솟아오르는 전경이나 감상하려다가 흠칫 놀라고 말았다. 발아래로 급히 낮아지는 지형을 따라 계곡이 넓게 펼쳐지자, 산줄기를 타고 소나무들이 상고대로 옷을 갈아입고 온 산을 덮고 있었기 때문이다.

밤새 서리가 얼어 나뭇가지마다 서리꽃 상고대를 피게 했다.

설화보다 더 고결한 느낌을 주며 온 산야를 하나로 만들어 놓았다. 살아있는 크리스마스트리Christmas tree라고 이름 붙일 만한 풍광이다. 우리는 새롭고 신기한 것을 만나면 그것을 표현할 수 있는 언어가 어디인가 있지 않나 고심하지만, 자연의 모습은 우리 언어의 영역을 뛰어넘을 때가 많다. 상고대로 모든 산줄기가 하얀 꽃동산을 이루었지만 표현할 수 있는 언어는 가슴 속에서 맴돌기만 하고 밖으로 표출할 수가 없다. 아침 햇살을 받은 상고대가 핀 나무에서 반짝반짝 빛을 쏟아내는 광경은 신비스럽다는 느낌이다.

한겨울인데도 건강을 챙기려는 사람들로 대관령의 선자령 등산로 입구에 있는 휴게소에는 관광차량과 승용차가 발 디딜 틈도 없이 빼곡하게 주차되어 있다. 건강을 생각하는 사람들의 차량이다. 건강은 무엇과도 바꿀 수 없다. 건강을 잃으면 모든 걸 잃는다고 한다. 춥고 매운 계절이지만, 건강을 위한 등산에는 문제가 되지 않는다. 이 정도의 날씨라면 콧노래를 부르며 등산을 즐길 수 있다.

오늘은 대관령 고갯마루 아래 반정半程에서 대관령 옛길을 타고 아래로 내려가려고 한다. 반정을 이곳 사람들은 '반젱'이라고 부른다. 강릉 지방의 사투리이다. 반정은 대관령 고갯길의 절반 정도에 위치한다는 뜻이다.

반정으로 가는 길에 신사임당의 시비詩碑가 있는 곳을 돌아보며 어머니를 그리는 사임당의 마음을 음미해 본다. 신사임당은 늙으신 어머님을 고향 강릉 땅에 홀로 두고 대관령을 넘을 때 친정 쪽을 바라보며 눈물을 흘렸다. 시비는 사임당의 어머니를 그리는 마음을 담은 '대관령에서 친정 쪽을 바라보며[유대관령 망친정踰大關嶺望親庭]'를 기리는 뜻에서 건립되었다. 남성 중심의 가부장적 질서를 유지하던, 봉건주의에 젖은 조선사회에서 여성들은 자신의 정체성을 잃고 남성의 보조적인 존재로 살아가야 했다. 자신을 나타낼 기회도 없었지만 남성 중심의 사회에서 여성이 자신을 표현하는 일은 유교적인 도덕 기준에서는 있을 수 없는 현실이었다. 따라서 의지할 곳은 친정어머니뿐이었다. 현대에 와서 현모양처라고 높은 평가를 받으며 추앙되는 사임당이지만 남성 중심사회에서는 한 사람의 여인이라는 굴레에서 벗어날 수 없는 것은 어찌할 수 없는 현실이었다.

　　대관령은 백두대간 태백산맥을 넘는 고개로, 강릉과 평창의
경계가 되는 해발 865m의 높은 산 준령이다. 총 길이가 13km
나 되며 영동과 영서를 잇는 관문이다. 강릉의 진산鎭山으로 아
흔아홉 굽이를 돌아야 정상에 이를 수 있다고 한다. 강릉의 한
선비가 곶감 한 접100개을 봇짐에 넣고 과거 길에 올라 대관령
굽이 하나를 돌 때마다 하나씩 먹었다고 한다. 정상에 올라 보
니 곶감이 달랑 한 개만 남아 있어 대관령 굽이가 아흔아홉이라
는 것을 알게 되었다는 것이다. 굽이가 너무 많아 전설처럼 전
해오는 이야기로 보인다.

　　대관령 옛길의 안내문이 있는 반정에서 아래로 발길을 옮겼
지만 큰 불편함을 느끼지 못한다. 한겨울인데도 등산객들의 왕
래가 잦은 탓에 좁지만 길은 제구실을 다하고 있다. 양지쪽 언
덕에서 햇볕을 쬐던 산새들이 인기척에 놀라 후루룩 하늘로 날
아오른다. 상고대로 하얗게 옷단장을 했던 나무에서 흰 가루를
뿌리듯 서리꽃을 사람의 머리 위로 흩날린다. 여기까지가 상고대
의 지역이다. 아래로는 기온이 높아 나무들도 원래의 모습이다.

마침 원울이 고개에 이른다. 조선 시대에 강릉 부사로 임명되면 한양에서 여러 날에 걸쳐 수백 리 길을 걸어서야 부임할 수 있었다. 첩첩산중 험한 고갯길을 넘고 넘어 간신히 도착한 강릉 초입 고갯마루에서의 심정은 밝을 수 없었을 것이다. 자기도 모르게 눈물을 훔치게 되었을 것이다. 참담한 심정이었으며 자신의 처지가 너무나 애처롭기 그지없었을 것이다. 내가 왜 이처럼 험난한 첩첩산중에 부임하게 되었는가 하는 후회가 앞섰을 것이다. 한편 임기를 마치고 퇴임하는 부사도 이곳에서 눈물을 흘렸다고 한다. 강릉의 아름다운 경치에 매혹되고 후한 인심에 정이 들어 떠나는 것을 아쉬워했다는 것이다. 말하자면 '고을 원府使이 울고 넘고 울면서 떠났다.'고 해서 원울이 고개[원음현員泣峴]라고 이름 붙여졌다는 것이다. 정과 사랑이 녹아 있는 고개라고 할 수 있다.

그런데 이 원울이 고개가 고증에 의하면 현재의 위치에서 한참이나 더 올라가서 반정半程이라는 곳의 위쪽에 있으며, 대관령 정상에서 조금 아래에 위치한다고 한다. 내용으로 보아도 일리가 있다. 갖은 고생 끝에 이제 겨우 강릉이 내려다보이는 고개에 이르렀으나 아직도 첩첩산중이라 자신의 처지가 참담했으리라. 눈물을 보이는 것은 인지상정이다. 현재의 원울이 고개가 맞다고 하면 강릉에 거의 내려왔는데 앞으로도 계속 험난한 길이 계속되리라는 것은 이치에 맞지 않으니 학자들의 고증에 의한 장소가 더 어울리는 장소라고 할 수 있다.

상고대는 싱싱함이 있다. 서리에 젖은 겨울에만 볼 수 있는 꽃이지만, 밝음과 건강한 삶이 녹아 있는 싱싱함이 있다. 대관령 고갯마루에서 맞이한 상고대는 한 해의 행운을 듬뿍 안겨 줄 것만 같은 싱그러움이 있어 더욱 반가운 손님이다. 높은 곳에서만 상고대의 모습을 볼 수 있다는 것도 고상한 느낌을 준다. 세속의 사람들과 어울리지 않으려는 그 마음의 고상함이다. 화려함보다 깨끗함과 싱싱함이 더 매력적인 상고대였기에 사람들은 가슴으로 환호하며 상고대를 닮은 미소를 은근히 흘린다. 햇빛에 녹아내리기 전에 어서 축복의 메시지를 전해야 하겠다. 청순한 모습도 따사로운 햇볕에는 사라져 축복의 메시지를 전하지 못할 것이다.

●
連
연 理
리 枝
지
친
구

싹을 틔우고 자랄 때에는 둘이었으나 서로 가지를 맞대고 하
나가 되어 살고 있는 나무를 연리지라 한다.

깊은 산속에서 흔하게 만날 수 있지만, 때로는 가정집 정원에
서도 볼 수 있다. 나무 두 그루가 허리춤에서 가지를 맞대고 있
는 모양새이다. 서로 맞대고 있던 나뭇가지에 상처가 나고 붙은
채 상처가 아물면 한 그루처럼 성장하는 나무이다. 연리지는 붙
어 있는 한 그루가 죽으면 나머지도 죽는다. 그래서 부부애夫婦
愛의 표상으로, 연인들 사이에서는 영원한 사랑의 징표로 기림

을 받는다.

　우리는 사람들 사이에서 정을 나누며 살아간다. 숲속의 나뭇
가지들이 서로 얽히고 설키면서 하늘을 향해 얼굴을 내밀며 삶
을 이어가듯이 사람들은 이웃과 서로 부대끼며 더불어 살아간다.
사람들은 이런 저런 연유로 여러 사람을 만나고, 또 인연을 쌓
으면서 가정을 이루고 이웃을 형성하며 사회라는 넓은 세상을
만들어 가고 있다.

　따라서 사람은 사회 구성원의 한 존재로서 주위 사람들과 막
역하거나 소원한 관계를 유지하면서 생활한다. 그러한 사람들
가운데 친구에 관한 이야기가 눈에 많이 띈다. 친구에 관한 고
사故事가 많이 전해 내려오는 것에서도 알 수 있다. 고사 가운데
연리지에 갈음하는 친구는 없을까. 전해오는 이야기 중에는 '연
리지 친구'로서 그 맥을 같이하고 있는 것을 도처에서 발견할
수 있다.

　우선 문경지우刎頸之友를 음미해 보자. 죽고 살기를 같이 하여

죽음까지도 두려워하지 않는 친한 벗을 말한다. 옛이야기라고 대수롭지 않게 여길 수도 있지만, 서로의 마음까지도 꿰뚫어 보는 혜안을 가지지 못한다면 도저히 이루어질 수 없는 친구의 사귐이다. 죽음까지도 같이할 수 있는 연리지 친구가 아닐까.

사람들은 말한다. 친구는 많을수록 좋고, 남자가 나이가 들면 남는 것은 여생을 같이 보내는 아내와 마음을 나눌 수 있는 친구밖에 없다고 한다.

마음을 알아주는 막역한 친구를 지음知音이라고 한다. 지음이란, 친구가 연주하는 음악 소리만 듣고도 그의 마음속 깊은 내면까지도 깨닫는다는 데서 이루어진 말이다. 백아伯牙와 종자기鍾子期의 이야기이다. 종자기는 백아의 거문고 타는 소리만 듣고도 그 마음을 헤아렸다는 데서 유래한다. 종자기는 백아의 거문고 연주 소리만 듣고도 그가 지금 무엇을 생각하는가를 내면 속속들이 헤아렸다는 것이다. 종자기와 백아, 이 두 사람도 연리지 친구라는 의미와 맥을 같이한다.

　누구나 어렸을 때부터 흉허물 없이 같이 뛰놀던 친구가 있을 것이다. 그런데 어렸을 때부터 친하게 지낸 친구 가운데 하나 둘 백아절현伯牙絶絃의 슬픈 소식을 전해 온다. 천수를 다하지 못하고 이생과 인연을 끊었다는 소식이다. 참다운 벗을 잃었다는 허망함이 가슴으로 밀려오지만 모두가 자연의 순리에 따라 어쩔 수 없이 가야 할 길을 갔다고 체념한다. 백아절현은 참다운 벗의 잃음을 비유한다. 앞서 백아와 종자기의 이야기에서 백아는 친구인 종자기가 죽었다는 소식에 '내 거문고 소리를 들어줄 친구가 없다'면서 거문고의 줄을 끊었다는 고사에서 나온 말이다.

　내 곁을 떠난 친구 가운데 한 사람은 철두철미하여 자기 자신에게까지 엄격하였고, 또 한 친구는 평소 활달한 성격에다 건강에는 남보다 자신감을 보였었는데 현실은 차가움만 더했다. 이런 저런 일로 사귄 친구가 많지만 그들 중 서로의 마음속에 깊이 간직하는 친구는 몇 명이나 될까. 만나지 못하여 소식이 뜸하면 그리움으로 밀려오는 친구가 몇 명이나 될까.

우리는 높고 맑고 향기로운 벗의 사귐을 지란지교芝蘭之交라 이른다. 나는 이런 사귐을 할 수 있는 친구를 갖고 싶다. 바로 지초芝草와 난초蘭草의 맑고 고귀한 만남이 연리지 친구가 아닐까. 이런 친구는 많을수록 좋겠지만, 일생을 통해 한 사람이라도 만나면 행운에 속한다. 이런 친구라면 가족에게조차 꺼내지 못하는 이야기를 마음 편하게 털어놓을 수 있다. 또, 이런 친구라면 사랑을 이야기하며 인생을 논하면서 내일을 기약할 수 있다.

가까이 있다고 마음 푸근하거나 멀리 있다고 조바심을 내지 않으며 여유롭고 넉넉하게 기다려 주는 친구가 그립다. 맑고 고결한 심성으로, 한결 깨끗한 마음가짐으로 맞아 주는 친구가 있으면 마음이 포근하겠다.

현대인에게는 정이 없다고 한다. 마음이 메말라 가는 오늘을 사는 현대인에게 모두가 바라는 연리지 친구가 가까이 다가오기를 기대한다.

●

방 放
하 下
착 着

이순을 지나 마음이 하고자 하는 바를 따라가도 도에 어그러지지 않는다는 종심從心의 세계에 이르면, 사람들은 지나온 시간들을 하나하나 반추하려는 시간을 가지게 된다.

나도 어느덧 희수라는 시간의 여울목을 지나게 된다. 어떻게 시간의 틈새를 줄이며 여기까지 달려왔는지 시간의 연결고리가 맞추어지지 않는다. 지나온 일을 반추하는 시간이 많아지면서 온갖 잡념이 하루를 지배하게 된다. 때로는 잠결에도 문득문득 끼어들면서 현실 감각이 무뎌져 아리송할 때가 많아진다.

나이가 쌓이면 모든 면에서 원숙해진다고 한다. 원숙하다는 말은 인생을 달관한 사람에게 붙일 수 있다. 그러나 그 원숙함 뒤에는 달갑지 않은 손님이 때때로 나타났다가 사라지곤 한다. 편집증과 같은 집착 증세이다. 집착 증세는 심하면 온갖 번뇌와 갈등이 마음을 사로잡는다.

살아오면서 때로는 남을 원망하며 잠을 이루지 못할 때도 있었는가 하면, 집착과 애착이 넘나들던 때도 있었다. 감격과 환희의 시간도 오래도록 가슴에 머물며, 삶의 새로운 이미지로 작용하기도 했다. 사회생활이 활발할 때에는 금방이라도 훌훌 털고 일어나면 깨끗하게 잊어버리는 일이 수월했다. 집착하는 마음에서 벗어나기 쉬웠다. 그런데 나이와 잡념이 비례하는지, 늘 마음이 청정하지 않고, 무겁고 어눌한 생각이 앞을 가리곤 한다.

방하착放下着이란 말이 있다. 언제인가 여행지에서 들었다. 스님에게서 들은 단어라고 기억한다. 불교의 참선에서 화두로 애용되던 말이라고 했다. 기억 저편의 이야기이다. 인간은 늘 번뇌에 사로잡혀 있는데, '집착하던 마음을 내려놓아라, 더 나가서 마음을 비우라'는 뜻이란다.

인생은 공수래공수거空手來空手去라는 말에서 보듯 공, 즉 비어 있는 채로 왔다가 빈 채로 가는 것이다. 그런데 비어 있는 손에 다가 무엇인가 채우려다 보니 욕심이 생기고 집착하게 된다. 어 떤 사람은 돈과 권력에 목숨을 걸고, 어떤 사람은 명예를 위하 여 축적하여 온 재산을 바치고, 어떤 사람은 사랑과 그리움에 일생을 걸기도 한다. 이도 저도 아니면 잡념과 번뇌와 스트레스 에 시달리면서 건강을 잃기도 한다.

불가에서는 인간의 번뇌를 백여덟 가지로 규정하여 백팔번뇌 라고 한다. 번뇌란 마음을 번거롭게 하여 본래의 청정심을 잃게 하고, 무한한 욕심으로 자신을 괴롭히는 일을 말한다. 번뇌에서 벗어나 청정심을 찾기 위하여 스님들은 백팔염주를 하나하나 헤아리며 일생을 보낸다.

돈과 권력과 명예는 처음부터 내 것이 아니다. 모든 것은 본 래 내가 가진 것이 아니다. 내 것이 아닌데도 집착에서 생겨난 욕심의 산물이다. 사랑도 나만의 것이 아니니 서로 공유해야 함에도 나만의 것인 양 욕심을 부린다. 때로는 오늘 만나고 헤어졌는데도 아주 먼 날의 일처럼 집착에서 벗어나지 못한다.

방하착이란 내 것이 아닌 것을 내 것인 양 우직스럽게 집착하는 아집에서 벗어나라는 진리를 담고 있다. 사람의 마음속에는 무한한 욕심이 존재한다. 그 욕심은 결국 인간의 탐욕이다. 내 것이 아닌 것에 대한 욕심 때문에 매일 불편한 심기를 드러낸다.

잡념은 욕심에서 생긴 집착의 산물이다. 모든 것을 내려놓아라. 마음을 비우고 깨끗한 마음으로 돌아가라는 방하착이 있지 않은가. 탐욕을 과감하게 버림으로써, 소유하고 싶은 마음을 버림으로써 무소유의 경지에 도달할 수 있다.

법정 스님은 마음에 따르지 말고 마음의 주인이 되라고 했다. 바로 내가 마음의 주인이 됨으로써 탐욕에서 벗어날 수 있기 때문이다. 무소유의 진리를 통한 진정한 자기 회복을 꾀하라는 것이다. 방하착의 원리는 무엇이든 내가 가지고 온 물질이 아니므

로 마음속에 잉태하고 있는 욕심을 버리고 청정심을 회복하라
는 이야기이다.

인간의 삶은 일정한 곳에 머무는 것이 아니라, 물이 흘러가듯
다음 세계로 이어진다. 흐르던 물이 욕심을 만나면 요란하게 소
리를 낸다. 요란한 소리를 내는 욕심을 버리고 자아 정체감을
형성해야 한다. 그리고 숙연한 모습으로 방하착의 원리를 가슴
에 안아야 한다.

이제는 모든 것을 내려놓고 가벼운 마음으로 돌아가고 싶다.
방하착의 진리를 터득하고 청정심으로 돌아가고 싶다. 방하착
은 '무아의 이치를 알지 못하고 나, 내 것에 매달려 이를 붙잡으
려는 어리석은 아집에서 벗어나 마음을 비우라, 마음을 내려 놓
아라'가 아니던가.

●

수기지신 修己之身

자기 몸을 닦고 다스리는 수신을 말할 때는 대학에 나오는 수
신제가修身齊家의 예를 많이 인용한다. 유교적인 경서에서 유래
한 이 말은 우리 선대인들의 인격 수양의 근간을 이루고 있었
다. 현대를 사는 우리는 수신제가를 선대인들의 생활 지침서에
나오는 고전으로만 따돌리고 방관할 것이 아니라, 창조적인 해
석으로 글로벌 시대의 수기지신修己之身의 생활 철학으로 탄생시
켜야 할 의무가 있다.

프랑스 클레망소 수상은 담배 피우는 것을 하나의 낙으로 삼

고 생활했다. 그런데 건강상 하루 여섯 개비 이상은 피우지 말라는 의사의 강력한 권고를 받았다.

어느 날, 뚜껑이 열린 채 책상 위에 놓인 담배 상자를 보고 깜짝 놀란 의사가 "아직도 담배를 이렇게 눈앞에다 놓고 피우십니까?"라고 했다. 수상은 "이 사람아 내가 그토록 좋아하는 담배를 설사 끊는다 하더라도 보는 것까지 그만둘 수 있는가."라고 대답했다.

이어서 수상은 "이렇게 보면서 피우지 않는 것이 더 고통스럽지만, 그 뒤에 돌아오는 기쁨은 더 크다네."라면서 너털웃음을 짓는 것이었다. 그 후 수상은 끈질긴 인내심을 발휘하여 기어코 담배를 끊었다.

자기 자신을 통제하는 것만큼 고통스럽고 어려운 일은 없을 것이다. 클레망소 수상의 일화는 유머러스한 면이 있지만, 그의 참고 견디는 정신은 본받아야 한다. 그리고 참고 견디는 극기 정신은 자기를 사랑하는 마음에서 출발한다. 자기를 사랑하는 마음은 자신을 점검하는 절제력이 있어야 하며, 자신을 채찍질하는 단련이 필요하며, 자신을 칭찬하는 슬기로움이 함께 있어야 한다.

　사람은 무한한 가능성을 간직하고 있다. 자신을 다스릴 줄 아
는 사람이라면 속으로 간직한 가능성을 밖으로 표출할 수 있다.
때로는 외적인 자극에 의하여 간직하고 있던 가능성이 자연스
럽게 나타나기도 하지만, 보통 사람이라면 남이 모르는 피나는
노력을 동반하기 마련이다. 하나의 가능성을 개발하기 위해서
는 다른 가능성을 과감하게 잘라 버리지 않으면 안 된다. 이것
은 대단히 괴로운 일이다. 때로는 가슴을 도려내는 듯한 아픔을
동반하지 않으면 안 될 때도 있다.

　한 여인과 결혼하기 위하여 열렬하게 사랑하는 여인과 헤어
져야 하는 아픔이 있는가 하면, 위대한 과학자가 되기 위하여
자기가 좋아하는 문학을 멀리해야 하는 괴로움이 따를 수도 있
을 것이다.

　과수원을 경영하는 사람이나 원예사는 크고 탐스러운 과일
이나, 한 송이의 아름다운 꽃을 얻기 위하여 일찌감치 잔가지

를 잘라 버린다. 그 가지들이 전부 자라면, 서로의 성장을 방해해서 좋은 열매나 꽃송이를 피울 수 없기 때문이다. 사람에게도 나무의 잔가지를 자르는 전지가 필요하다. 사람마다 간직한 무한한 가능성을 하나도 빠짐없이 개발할 수는 없기 때문이다.

자신을 사랑하는 사람이라면 원예사가 잔가지를 잘라내듯 자신을 전지하는 아픔을 맛보아야 한다. 자신을 보다 발전되게 계발하고 창조적인 미래를 잡으려면 거기에는 분명 노력과 인내와 고통이 따른다.

우리는 흔히 편하게 생각하고 편리하게 살아가려고 한다. 편하게 살아가려는 편의주의가 팽배한 사회에서 사람들은 나약한 정신에 도전받고 있다. 자신을 통제하려는 노력이 부족하여 무질서가 난무하고, 달콤한 유혹에 민감하여 자신을 그 속으로 무작정 뛰어들게 한다. 자신을 파멸시키는 무서운 병인지도 모르고, 불 속으로 뛰어드는 부나비처럼 맹목적으로 탐닉하고 있다.

우리는 자신을 꼼꼼하게 따져가며 점검할 필요가 있다. 자신의 정체성을 확인하고 현재의 나를 인식할 필요가 있으며, 미래의 정체성을 미리 점검할 필요가 있다. 자신의 정체성을 확립한 사람이라면 무분별한 행동은 절대 하지 않는다. 언제나 근신하는 마음으로 자신을 다스리면서 남을 배려하는 마음이 늘 앞서 있을 것이다.

앞의 클레망소 수상의 일화에서 참고 견디는 극기 정신을 배웠다. 사람마다 간직한 가능성을 창조적으로 발휘하기 위해 가슴을 도려내는 아픔과 함께 잔가지를 잘라내는 용기도 배웠다. 편리주의와 이기주의가 팽배한 세태에서 벗어나 진정한 자아를 발견할 수 있는 정체성을 확립하는 통찰력도 익혔다.

이 모두가 자신을 사랑하는 마음에서부터 출발한다. 그러므로 자신을 사랑하는 마음은 보다 아름다운 세상을 만드는 가장 근원적인 샘이라 하겠다. 수기지신의 마음으로 사람이 인간다운 모습으로 탄생하기를 기원하자. 부디 자기를 사랑하는 마음으로 아름다운 세상을 창조하자.

●
향군심 向君心

누군가를 그리워한다는 것은 순수한 마음의 발현이다. 임을 그리워하는 마음은 인간의 본능적인 정서로, 사랑이라는 어휘와 직접적으로 연결된다.

사랑은 특수하게 마련한 정서가 아니라 누구나 깊숙이 간직할 수 있는 순수한 마음의 결정체이다. 고전에 나타난 우리의 선인들은 곧잘 군신 사이의 관계를 사랑에 빗대어 표현하는 일이 많았다. 신하가 군주에 대한 충절을 사랑으로 표현했었다.

정철의 사미인곡 첫머리에 '이 몸 삼기실제 님을 조차 삼기시
니'라고 하여 군신의 일체감을 나타낸다. 이 때 '님'은 곧 임금을
상징한다. 향군심은 임을 그리는 마음, 즉 임을 사랑하는 마음
이라는 뜻으로 받아들이면 된다. 신하가 임금을 그리는 마음으
로, 곧은 충절을 나타내는 말이다.

나는 기증받은 편액 한 점이 있다. 오언절구의 첫 구절에서
따온 '松無古今色송무고금색'이라고 쓰여 있다. 소나무는 예나 지
금이나 변함이 없다는 뜻이다. 별 뜻 없이 방 안 한 면을 차지
하고 있었는데, 지인의 도움으로 내용을 살펴보았더니 유교 경
전의 하나인 예기禮記에 나오는 구절이었다. 대구는 '愛無古今心
애무고금심'으로 내 사랑도 예나 지금이나 변함이 없다는 뜻이다.
앞의 두 구절은 시상을 불러오는 구절로, 임에 대한 곧은 절개
와 충절은 흔들림이 없다고 굳게 다짐하는 내용이다.

뒤따르는 구절에서는 반전을 꾀하면서 임을 그리는 마음을
굳게 다짐한다. 자신의 그리움을 쌓이는 눈에 비유하여 積雪繼
遠望적설계원망이라고 표현하여 한없이 쌓여만 가는 눈을 보면서

탄식한다. 쌓이는 눈이 내 사랑의 가로막이라는 느낌을 받는다. 그러나 끝맺음에서는 慕如向君心모여향군심이라고 하여 결연한 의지를 보인다. 즉, 임을 향한 내 그리움만 같다는 결말을 보임으로써 옛 선비들의 지조를 대변하고 있다.

왕정시대에 신하가 임금을 그리워한다는 것은 곧 조국을 사랑한다는 의미로 폭을 넓혀 해석할 수 있다. 결국 이 시의 모티브는 '향군심向君心'으로 임금을 그리워하는 마음이자 임금을 사랑하는 마음을 표현함으로써 선인들의 정절을 형상화한 것이다.

고금을 통하여 선비들의 삶의 질은 전통성과 도덕성을 지키는 예의문화가 주축을 이루었다. 선비의 궁극적인 도의는 임금을 섬기는 충절이었으며 나라를 지키어야 하는 중심축이었다. 현대인의 감각으로는 고전에 나타난 우리 선인들의 규범을 이해하기 힘들 때가 많다. 사랑이라는 단어에도 선인들이 간직하고 생활하였던 규범이 가슴에 와 닿지 않는다.

사랑은 절절한 그리움과 넉넉함이 여기저기 나타나고, 온몸을 던져 부나비처럼 그리운 이의 마음에 뛰어들면 된다. 사랑에는 너 아니면 나라는 어휘가 따로 존재하지 않는다. 사랑은 스쳐가는 바람이 아니다. 요즈음 젊은이들은 사랑을 그저 살아가면서 한 번쯤 느끼는 통과의례라고 생각한다. 한 번쯤 사랑이라는 병을 앓아 본 사람은 갑자기 자신이 성숙한 느낌을 받는다고한다. 산재해 있던 자신의 정체성을 완성한다고 보는 것이 타당한 결론일지 모른다.

사랑에는 설계도가 없다. 어떤 모습의 건축물이 이루어질지아무도 모른다. 당사자들의 정성과 희생과 애절한 마음들이 한데 어울려서 아름다운 예술작품을 탄생시키기도 하지만 때로는일그러진 질그릇을 만들기도 한다.

우리 선인들은 난蘭을 키우는 데 정성을 쏟았다. 은은한 향을음미하면서 고결한 품성을 선비의 지조에 빗대기를 좋아했기때문이다. 고결한 품성은 바로 사랑의 빛깔이다. 향군심의 어휘를 쓴 사람은 난초의 고결한 품성을 가슴에 품는다. 선비의 고결한 품성을 지조, 정절, 충정 등을 사랑이라는 어휘에 대입시켜 나타냈다.

　고상한 충정을 사랑으로 승화시킨 옛 선비들의 고결한 마음을 헤아릴 줄 아는 지혜는, 오늘을 사는 우리에게도 필요한 철학이 아닐까? 우리 선인들은 나라 사랑의 충정을 임금을 사랑하고 그리워하는 자세로 자신을 수양하고 자신의 정체성을 확립하는 자세라고 여겼다. 현대인에게도 사랑하는 마음을 향군심이라는 어휘에 빗대어 나타낸다면 한결 아름다운 세상을 탄생시킬 수 있지 않을까?

●
인생훈을 얻다　人生訓

　　누구나 한 구절의 가훈이나 인생훈을 가지고 있을 것이다. 보편적으로 가훈은 선대로부터 물려받아 이어 오는 사례가 많으나, 자신의 인생훈은 본인이 직접 지었거나 지인의 도움을 받아 만든 것이 대부분이다.

　　대체로 인생훈은 인생의 참됨이나 성현들이 남기고 간 말에서 찾는다. 거기에는 진리가 숨 쉬고 있고, 세상살이의 바른 길을 제시해 주기 때문이다. 가족 구성원이라면 누구에게나 해당되는 가훈은 그 집안의 가풍이나 구성원의 인품을 나타낸다.

나는 우연한 기회에 백범 김구 선생의 일화를 읽다가 내가 간직할 만한 구절을 얻게 되었다. 성찰할 가치가 있다고 생각하여 나의 인생훈으로 간직하기로 하였다. 내가 얻은 인생훈은 '아행적 후입정我行跡 後入程'이란 구절로, 김구 선생이 애송하던 오언절구에서 따왔다.

내가 가는 길의 자취는 뒷사람의 이정표가 된다는 이 글이 나타내고자 하는 속뜻은 참된 삶과 근신이다. 내가 밟고 간 자취는 뒷사람의 이정표가 되니, 발걸음 하나라도 어지럽히지 말라는 것은 인생살이에서 항상 조심하고 근신할 것을 강조한 말이다. 여기서 발걸음은 삶의 자취를 의미하는 것으로, 현실적인 오늘의 행적이 밑받침이 된다. 우리의 현실적 삶은 늘 지난 일에 대한 뉘우침으로 점철되곤 한다. 깨우치고 나서도 자신을 돌아볼 줄 모르고 다시 어제로 돌아간다. 어제는 지나온 시간일 뿐이지 내일의 희망을 지향하는 시간은 아니다.

말이나 행동을 삼가고 조심하라는 근신은 그 사람의 참된 됨됨이를 이른다. 행동거지가 경망스럽지 않고 사회 규범에서 벗

어나지 않아야 한다. 신언서판身言書判이라는 말이 있다. 겉으로
나타나는 외모가 건장하고, 이치에 맞는 말을 해야 하고, 필력
이 있어야 하며, 정확한 판단력으로 흔들림이 없어야 한다는 것
이다.

사람의 외면세계와 내면세계가 근신해야 한다는 것이다. 시
대의 흐름에 따라 인간의 행동거지나 정신세계가 일관성 없이
흔들린다거나 변해서는 안 된다는 이야기이다. 요즈음도 처음
사람을 대할 때 그 사람을 평가하는 척도로 쓰이지만, 고려시대
부터 조선조에는 사람을 평가하는 절대적인 기준이었다. 이목
구비가 뚜렷하고 언행과 판단력이 명확하다면, 모든 면에서 근
실하고 행동은 사회 규범에서 벗어나지 않을 것이다.

개인이 가지고 있는 인생훈은 그 사람의 인격과 깊은 연관을
갖게 되는데, 다음의 이야기도 그중의 하나라고 하겠다. 조선조
명재상이었던 황희의 인생훈은 한마디로 '일일시호일日日是好日'
이라고 볼 수 있다. 넓은 도량과 예리한 지혜를 갖춘 황 정승은
운문선사雲門禪師의 어록에서 따온 '날마다 좋은 날日日是好日'이 인

생훈으로 제격이라는 것이다. 황 정승의 일화는 여러 가지로 유추할 수 있는 것들이 많다. 한마디로 '이래도 되고 저래도 된다'든지 '너도 옳고 너 또한 옳다'고 한 언행은 우유부단하다고 하겠으나 거기에는 정확한 상황 판단이 전제되었음을 알아야 한다.

우리의 삶에서 인생훈을 간직할 만한 시기는 사람마다 다르겠지만, 그래도 자신을 돌아볼 수 있을 때가 적기라고 보겠다. 질풍노도기라 이르는 청소년 시기는 이성보다 감성에 치우치므로 인격수양에 더 힘써야 한다. 판단력과 자신의 정체성을 확립하는 시기가 되어야 하므로 인생훈이 절실하게 필요한 시기라고 하겠다.

나의 인생훈의 원천이 된 시의 원문을 살펴보면서 근신의 의미와 참된 자아를 되새겨 본다.

踏雪野中去[답서야중거: 눈 덮인 들판을 걸어갈 때]
不須胡亂行[불수호난행: 발걸음 하나라도 어지럽히지 말라.]
今日我行跡[금일아행적: 오늘 내가 가는 이 길은]

遂作後入程[수작후입정: 뒷사람의 이정표가 될 것이다.]

　나의 인생훈은 앞에 보인 시의 뒷부분 구절에서 빌려온 것으로, 백범 선생이 애음^{愛吟}한 내력을 짐작할 수 있다.

　이제 '我行跡 後入程^{아행적 후입정}'을 확고하게 나의 인생훈으로 정립하고, 지금까지 지키지 못한 세월을 거울삼아 내일은 도약하고 비상하는 몸으로 태어나고 싶다. 내가 지나는 발자취는 뒷사람의 이정표가 된다는 가르침과 참됨과 근신하는 마음을 항상 가슴에 새기면서.

●

고향을 지워가는 사람들

　현대인은 고향을 잃어가고 있다. 산업사회로의 발전은 기존의 질서가 무너지면서 사회 구조도 이미 해체되고 있음을 알려주었다. 농경사회를 기반으로 삼았던 우리네 사회가 도시화로 변모된 지도 이미 오래이다. 도시로의 인구 집중은 농촌사회를 공동화시키고 있다. 옛날의 순박한 시골 풍경은 아예 사라지고 이국적인 풍물만 선보인다.

　개발이라는 명분에 밀려 자연 생태계가 파괴됨은 어제오늘의 일이 아니다. 생태계만 파괴된 것이 아니라, 삶을 누렸던 마을이 옛날의 모습을 뒤안길로 밀어내어 사라진 지 오래 되었다. 외향이 변한 것만 아니라 고향에 대한 정겨움이 느껴지지 않는다. 고향은 어린 시절의 삶이 녹아 있으며 옛것에 대한 추억이 쌓여 있는 곳이다.

우리는 생태계에서 배울 것이 많다. 수구초심首丘初心이라고 했다. 여우는 자기가 태어난 고향 쪽 구릉에 머리를 두고 일생을 마친다고 한다. 연어는 수만 리 이역을 거쳐 자기가 태어난 곳으로 돌아와 후세를 위해 알을 풀어놓고 일생을 마친다. 이를 모천회귀母川回歸라고 한다. 동물과 물고기들의 세계라고 대수롭지 않게 생각할지 모르나, 고향은 죽음과 맞바꿀 수 있는 곳이며 영혼으로 통하는 세상이다.

고향을 찾는 사람들은 나름대로 그만한 이유가 있다. 명절을 맞아 그동안 떨어져 있던 부모와 친지를 만나 정다운 이야기를 나누는 모습이 첫 번째로 떠오른다. 다음으로 번거로운 도시 생활에서 느끼는 중압감이나 스트레스를 해소하기 위해 마음속으로만 그리던 고향을 찾을 수도 있다. 어떠한 이유에서든 고향을 찾는다는 것은 즐거운 일이다. 생활에 쫓겨 명절 때만이라도 그리던 고향을 찾아야 하겠다는 생각은 인지상정이다.

여행을 하다 차창 밖을 내다보면 '고향을 찾아오신 여러분을 진심으로 환영합니다.'라는 현수막이 눈에 들어오는 때가 있다. 정겨운 마음이 다가서기보다 공동화되어 가는 농촌사회의 정경이라 쓸쓸한 감정이 앞서게 된다. 그리운 고향을 마음속으로 지워 나가는 사람들도 있다. 버그아웃bug out족이라고 일컬어지는 젊은 세대들이다. 버그아웃은 전쟁이나 재난 상황에서 잠시 탈출하는 '일시 이탈자'를 의미한다. 명절을 맞아 그리운 부모와 친지를 만나 그동안 쌓였던 이야기를 정겹게 나누는 정경은 사라지고 가족을 피해 도망치듯 고향을 잊어가는 세대들이다.

고향을 찾는 즐거움보다 마음속에 느끼는 스트레스에서 탈출하기 위해 가족을 피해 도망가는 젊은이가 늘고 있다. 명절 연휴 때는 고향을 등지고 해외로 나가는 인구가 하루 10만여 명이 넘는다고 한다. 이들 모두가 고향을 잊어간다. 마음속에서는 벌써 고향을 지웠는지도 모른다.

고향이 있어도 갈 수 없는 실향민도 있다. 고향을 지척에 두고도 갈 수 없는, 전쟁으로 고향을 잃은 사람들이다. 전쟁이 끝난 지 반세기가 넘었지만 이들 실향민의 아픔을 달래 주고 치유할 수 있는 길은 아직은 멀고도 험한 것 같다. 실향민은 아니지만, 고향을 두고도 마음속으로 지워가는 사람들이 있다. 고향의 모습이 너무나 변하였다고 아쉬운 한숨을 쉰다. 내가 태어나고 자란 아기자기한 옛날의 모습을 찾을 수 없다고 안타까워한다.

모처럼 고향을 찾아도 정겨움이 사라져 버린, 메마름이 마중하는 고향이 되고 말았다. 인간의 순박성이 점차 상실되어 가는 고향 마을이 되고 말았다. 시인 김광섭은 '성북동 비둘기'에서 "사랑과 평화의 새 비둘기는 사랑과 평화의 사상까지 낳지 못하는 쫓기는 새가 되었다."면서 순박한 인간성과 평화의 사상까지 파괴되는 세태를 조용한 목소리로 질타하고 있다.

따뜻하게 맞이한 보람을 느끼는 때도 있다. 고향지킴이들의 어려움을 위로와 덕담으로 감싸주며 마음 푸근한 정을 주는 귀성객, 고향만은 지켜야 한다는 우직한 어른들을 찾아뵙는 친절

함이 돋보이는 젊은이, 이들이 있어 축복의 메시지를 전하는 성
북동 비둘기가 보인다. 고향을 찾아온 귀성객이 썰물처럼 빠지
고 나면 고향 사람은 한층 더한 외로움과 쓸쓸함에 젖는다. 그
동안 지켜 오던 생활 리듬을 하루아침에 깨트려 버리고는 옛날
의 모습으로 돌아오는 데는 상당한 시간이 걸린다.

　　고향은 언제나 말없이 기다린다. 비록 세상이 변하여 그리던
고향과 다르다고 하더라도 우리의 마음에는 언제나 고향이 자
리한다. 진정 고향을 잃지 않으려면 우선 마음속에 사랑과 평화
의 사상까지 낳지 못하는 쫓기는 새가 아니라, 사랑과 평화를
즐기던 비둘기가 되어 달라고 부탁하고 싶다.

創造的 자기표현

창조적 자기표현

사람은 저마다 겉모습과 성격이 다르고, 생각하는 바가 다르며, 가치관이 다르다. 따라서 삶에 대한 가치 판단도 다를 수밖에 없다.

어떤 사람은 많은 재물을 모아 호사스럽게 사는 삶을 바람직하다고 할 것이며, 또 다른 사람은 짧은 인생을 살더라도 자기가 이루고 싶은 뜻을 마음껏 펴면서 사는 것을 바라기도 할 것이다. 또, 어떤 사람은 부와 권력을 함께 누리며 호기롭게 사는 무소불위無所不爲의 삶을 갈망하기도 한다.

　이와는 반대로 구도자적 자세를 추구하며 세속에 물들지 않은 고고한 인품을 삶의 목표로 살아가는 사람도 있다. 또는 학문이나 진리의 심오한 경지를 터득하기 위해 일생을 바치는 사람도 있다. 이 모두가 나름의 가치관에 따라 아름다운 삶에 대한 평가이면서 자신의 바람일 것이다.

　인간이 살아가면서 자신만의 바람을 갖는다는 것은 자신을 아름답게 꾸미는 자기 계발의 한 가지 방법이다. 자기를 계발하기 위하여 도덕과 규범을 지키며 인격을 수양하는 과정을 거친다. 철학과 진리를 탐구하는 모든 과정도 사람이 사람답게 살아가기 위하여 겪어야 하는 자기 계발의 수단이다.

　창조적으로 자신을 계발하고자 하는 사람은 자신의 미래를 설계할 줄 알고 아름다운 인생을 성취하기 위해 자신을 다스릴 줄 아는 슬기를 간직한다. 그러나 세상을 구하려는 구도자는 한 사람이면 족하며, 심오한 진리를 발견하는 사람도 몇 사람이면 될 것이다. 보통의 사람들은 한 사람의 구세자만으로도 구원을 받을 수 있을 것이며 몇 사람의 진리 발견만으로도 많은 지식을 전수받을 수 있다. 사람들은 가끔 끝없는 욕망으로 자신을 불태우기도 한다. 그것이 자신을 파멸로 이끄는 지름길이라는 것을 깨달았을 때는 이미 막다른 골목에 이르렀을 무렵이다.

누군가 창조적 인생관을 말한 바가 있다. "인생은 예술이요 생활은 작품이다. 사람은 저마다 아름다운 대리석을 가지고 훌륭한 예술 작품을 만들듯이 생명을 다듬는 조각가이다."라고 했다. 인생은 창조적으로 자신을 표현하는 것이라는 뜻이다. 같은 대리석을 가지고 훌륭한 명작을 만드는 조각가가 있는가 하면 부끄러운 실패작을 만드는 사람도 있기 때문이다.

인생은 모방할 수 없는 창조물이다. 모범적인 인생으로 평가를 받는다고 해도 그것은 그 사람 나름으로 다듬고 가꾸어 온 인생이다. 남의 인생 흉내는 표면적으로 아름다움이 돋보일 수는 있다. 그러나 그러한 인생은 진실성이 보이지 않으며, 영혼이 없다.

인격을 수양하고, 진리를 탐구하고, 도덕이나 규범을 지키는 모든 행위는 사람을 사람답게 표현하고자 하는 행위이다. 사람이 자기 정체성을 일찍이 감지하고 일관성 있게 자신의 관리에 힘쓰는 일은 자아실현을 위해 대단히 중요한 정신이라고 할 수 있다.

자아실현을 위해서는 지켜야 할 길이 있다. 인간이 간직하고 지켜야 할 세 가지 정신이다.

먼저 자기를 이기는 극기 정신을 들 수 있다. 이는 육체적인 면이 아니라 주위의 유혹에서 자신을 보호하려는 이지력이다. 자기의 지혜가 산뜻하고 정신이 맑으면 이지력으로 자신을 이길 수 있는 영혼이 없다.

다음은 영혼을 일깨우는 수기修己 정신이다. 이것은 수양을 통한 인간의 도덕적 완성을 중요한 내용으로 하고 있다. 개인은 본래 인간다움을 본질로 가지고 있다는 믿음에서 출발한다. 주체적인 노력을 통하여 참다운 인간상을 정립해야 한다는 취지이다.

나머지는 자신을 완성시키는 성기成己 정신이다. 자기 스스로의 노력을 통하여 자신을 갈고 닦아 사람다운 예지력銳智力을 성취하여야 한다는, 자신과의 약속을 지키는 일이다.

아무나 성인으로 추앙받으며 살 수는 없다. 그러나 우리는 그들 성인이나 군자들의 정신을 오늘에 되살리며 살아갈 수 있다. 그것이 오늘을 사는 사람들이 지켜야 할 정신이며, 도리이며, 규범이라고 본다. 한마디로 성실한 삶을 이른다.

인생은 자신이 갈고 닦으며 자신만의 모습으로 아름답게 창조하여 다시 태어나야 한다. 인생을 멋진 삶으로 조각하기 위해 우리는 앞에서 이야기한 세 가지 이치를 깨달아야 한다. 인생을 즐겁고 가치 있게 가꾸기 위해서.

●
멋
을
아
는
매
무
새

옷매무새를 단정히 하고 남을 대하고자 하는 것은 보통 사람
들의 예의범절이다. 고급스럽지는 않지만 평상복으로 늘 입는
옷이라 하더라도 깨끗하고 단정하게 차려 입고 다니는 사람들
이 있다. 이런 사람들을 만나면 한결 마음이 가벼워진다. 친밀
감도 있고 이웃 사람을 만난 듯 반가움이 있어 서로 웃음으로
맞이할 수 있다.

그러나 유행과 계절에 민감하여 잘 차려입은 옷을 자랑이라
도 하듯 자신을 치장하고 꾸미기를 즐기는 사람들이 많다. 아무

리 옷이 날개라고 하더라도 꾸미지 않고 평범하게 차려입고서 자연스럽게 멋을 내는 스타일이 더 아름답게 보일 때가 있다.

놈코어Normcore스타일이라는 말이 있다. 평범한 차림새라는 이 말은 평범하다는 뜻과 핵심이라는 말이 어울린 합성어이다. 페이스북 최고경영자 마크 저커버그는 회색 티셔츠에 청바지를 즐겨 입었다고 한다. 스티브 잡스도 청바지를 지루할 만큼 즐겨 입었다고 한다. 이들은 우리가 보통 억만장자라고 하는 사람들이다. 그런데도 보통 사람의 눈에도 너무나 평범한 차림새였다고 한다. 이들의 차림새는 습관처럼 단순한 생활이 자연스럽게 굳어져 평범한 모양새로 익은 놈코어 스타일이라고 본다.

누군가 저커버그에게 화려하게 가꿀 수 있지 않느냐고 질문을 던진 적이 있었다. 대답은 너무나 단순했다. 차림새에 신경 쓰기보다 이것저것 결정할 사항을 최대한 줄이고 싶기 때문이라고 했다. 그러나 우리를 슬프게 하는 이야기도 주변에서 심심찮게 접할 때가 많다. 평범한 차림새와 거리가 먼 이야기는 우리를 슬프게 한다.

철따라 차림새를 달리하는 경향은 당연하다 하더라도 세대에 따라 유행에 너무 민감한 경향이 짙다. 명품을 유난히 선호하는 사람들이 많다. 부자처럼 보이고 싶은 사람들은 명품을 좋아하며 유행에 민감하다. 외모를 중시하는 모양새가 지나쳐 때로 남에게 불쾌감을 주곤 한다. 외모를 성형으로 다듬고, 명품 가방을 들고, 유명 디자이너가 디자인한 옷을 걸쳐서 화려한 모습을 남에게 선보이는 것으로 유명세를 타는 것이 인기를 얻는 행위라고 여긴다.

필리핀의 이멜다 마르크스의 이야기이다. 대통령 부인으로 부러울 것 없는 생활을 누렸지만 사치스러운 생활로 지탄을 받았다. 3,000켤레가 넘는 명품 구두를 옷 색깔에 맞추어 신었다니 우리의 상식으로는 표현에 어려움을 느낀다. 간혹 배우나 탤런트들이 옷장을 공개하며 화려한 옷이 즐비하게 걸려 있는 것을 자랑삼아 이야기하는 광경을 텔레비전에서 본다. 반면 홍콩의 억만장자 이가성李嘉誠은 검소한 생활로 일관했다. 비행기는 일반인의 좌석을 애용했고 몸치장도 검소하였다고 한다. 그러나 사회봉사에는 거액을 희사한다고 한다.

보편적으로 사치는 젊은 여성의 전유물이라고 여겼다. 그러나 근래에 와서는 젊은 남성들도 용모와 겉치장에 시간을 아끼지 않는다. 겨울방학에는 성형외과가 붐빈다고 한다. 과거에는 여성들이 자신의 외모를 돋보이게 하려고 병원을 찾았지만 요즈음에는 취업 준비생들이 많이 찾는다고 한다. 신입사원을 선발하는 과정에서도 문제점이 많다. 회사에 필요한 인재는 창의성이나 발전성, 그리고 활동성과 진취성 등을 갖춘 지원자다. 그런데 면접 과정에서 지원자의 외모를 중시하는 경향이 짙다. 외모 때문에 이들 인재가 외면당해서는 안 된다. 국가적 손실이다. 취업 준비를 위해 외모를 단장하는 젊은이들이 있다는 것은 가슴 아픈 일이다. 이를 해결하는 방안을 이제라도 마련해야 한다.

명품에 영혼을 빼앗기는 젊은이들은 지금이라도 놈코어 스타일을 가슴에 새겨야 한다. 젊은이들에게 필요한 것은 발랄함이다. 마크 저커버그나 스티브 잡스 그리고 이가성의 생활양식을 본받으라는 것은 아니다. 그들이 보여준 수수한 차림새와 평범한 마음가짐을 배우라는 것이다. 사치스러운 명품주의자가 되지 말고, 단정하고 친밀한 본래의 우리 모습을 찾아야 한다.

우리 민족은 검소한 품성을 생활 철학으로 여겼다. 옛사람들
은 화려하지는 않지만 깔끔하고 단정한 외양을 중시했다. 명품
으로 여기던 비단옷 한 벌이라도 마련했다면 깊숙이 간직하며
요긴한 행사 때만 입었었다. 우리의 선인들은 깨끗하고 단정한
차림새를 중시했으며 사치스럽고 화려한 치장은 꺼렸다. 깨끗
하고 단정함은 생활 철학이며 대인 관계의 예의범절이었기 때
문이다.

내
일
을　여
는　길
목

　우리는 무수한 시간과 씨름하면서 내일이라는 새로운 시간에
도전하고 있다. 기대 수명이 높아진 현실에서는 지나온 어제보
다 내일에 무게를 두는 일이 보편적이다. 어제는 오늘을 살아가
는 우리 모두에게 반면교사의 기능을 하지만, 내일은 오늘보다
새로움을 던져 주므로 희망적이다.

　사람들은 내일이라는 말에 특별한 의미를 부여하는 일이 많다.
내일이라고 오늘보다 더 특별한 날이 될 수 없다는 것을 알면서
도 내일에 무게를 둔다. 내일에 무게를 둔다는 것은 도전해 볼

만한 가치가 있음을 의미하므로 오늘이 더욱 뜻있는 하루가 되게끔 노력해야 한다. '내일은 또 내일의 해가 뜬다.'고 했던가. 비록 내일이 특별한 의미를 지니지 못한다고 하더라도 사람들은 내일에 대한 무한한 사랑을 보인다. 내일이라는 희망이 있어 사람들은 오늘을 즐거움으로 채워 간다. 비록 내일 내가 바라던 일이 순조롭게 풀리지 않더라도 내일은 늘 희망적이다.

우리가 산다는 것은 위대한 것에 대한 도전이며 새로움에 대한 도전이다. 도전 정신이 있다면 오늘이 단조롭고 무의미한 날이 아니라, 늘 새로움을 찾는 바쁜 하루가 될 것이다.

기대 수명이 늘어난다고 희망적인 이야기가 되는 것이 아니다. 오늘을 얼마나 바쁘게 꾸며 가느냐가 중요하다. 일손을 놓았다고 하는 것은 일거리가 없다는 이야기와 같은 묶음이 될 수 없다. 불행하게도 우리 세대는 위정자들의 경제적 논리에 이끌려서 정년을 단축시켜 일손을 놓게 했다. 나이 많은 한 사람을 퇴진시키면 젊은이 두세 명에게 일자리를 마련해 줄 수 있다는 논리였으나 요즈음에 와서는 복지를 앞세우며 정년을 연장해야 한다고 한다.

  우리 사회는 일찍 퇴임하는 사람들을 위하여 앞으로 살아갈
적당한 시스템도 제대로 마련해 놓지 못하고 마구잡이로 가정
으로 내몰았다. 퇴임 후에 살아갈 일반적인 매뉴얼 하나도 찾기
어려웠다. 구순을 넘긴 사람이 말했단다. 우리 사회는 나이에
관한 설계도가 없었기에 나이의 지도地圖가 없는 길을 그저 뚜벅
뚜벅 걸어 구순을 채웠다고.

  일거리가 없다는 것은 휴식이 아니라, 생활의 패턴이 달라진
것에 대한 초조감이다. 당장 며칠은 휴식삼아 편안한 마음으로
소일할 수 있으나 인간의 뇌는 자신이 늘 하던 행동반경에서 벗
어날 때 거부감을 느끼며 피로감에 젖게 된다. 이러한 일은 나
만이 겪는 현상이 아니라 같은 세대를 살아가는 사람들의 동질
감이라고 본다. 그래서 단조로운 생활에서 탈출하기 위해 평소
의 취미와 적성을 살려 활동 범위를 넓히는 이가 많다. 또 어떤
이들은 먼저 퇴임한 선배나 지인들의 공인되지 않은 경험을 하
나의 롤 모델role model로 삼기도 한다.

　사람들은 다가오는 내일에 대해서는 기대가 크지만 현재 진행되는 오늘은 대수롭지 않게 여긴다. 오늘을 건너뛰는 내일은 있을 수 없으며 진정으로 희망적인 내일을 맞이하기를 바란다면 성실한 오늘이 있어야 한다. 우리는 지나온 날들에 대한 사랑이 없다. 지나온 날들은 어제와 오늘 그리고 내일을 겪으면서 자신을 창조했던 것이다. 그러기에 희망적인 내일을 맞이하기 위해서는 지나온 날에 대한 사랑을 배워야 한다.

　내일을 맞이하려는 강인한 도전 정신도 없이 내일은 오늘보다 더 좋은 하루가 될 것이라는 마냥 추상적이고 소극적인 정신은 내일을 창조할 수 없다. 길목이란 지나온 길의 끝이면서 새롭게 가야 할 길의 출발점이다. 이제 오늘을 지나 새롭게 내일을 맞이하면서 오늘에 대한 반성이 있어야 하며 내일이라는 새로움에 대한 창조 정신이 있어야 한다.

　이 세상에는 여름 하늘에 쏟아지듯 반짝이는 별들과 같이 무수한 사람들이 살아가고 있지만 '나'라는 사람은 오직 하나뿐이다. 그러므로 우리의 생명은 가장 존귀하고 소중하다. 우리가 산다는 것은 위대한 것에 대한 도전이며 새로움을 맛보기 위한 진취적인 기상이다. 도전과 진취적인 기상이 없다면 내일을 맞이할 정신이 미약하여 축복을 기대하기 어렵다. 오늘은 내일을 열기 위한 밑거름이며 내일은 오늘의 도전으로 탄생한다. 그러므로 우리는 내일을 여는 길목에서 할 일 없이 서성이기보다 내일을 여는 도전 정신으로 충만한 나를 새롭게 탄생시켜야 한다.

●

문
화
의
　
발
걸
음

　　문화의 발전은 밤하늘의 한 줄기 불빛을 남기며 급히 떨어지
는 급어성화急於星火가 아니다. 백 년, 천 년의 역사와 어깨를 나
란히 하며 사부작사부작 발전해 오는 정신이 문화다. 조용히 조
금씩 차분하게 행하는 정신이라고 할 수 있다. 한꺼번에 와락
변하는 것이 아니라 조금씩 달라지므로 시대를 초월하여 사랑
을 받는다. 힘들이지 않고 가만히 조금씩 움직임을 뜻하는 사부
자기는 문화가 발전해 오는 과정에 맞는 이미지이다.

　　문화는 조용히 발전해 온다. 그러므로 어느 시대, 어느 민족

의 역사가 녹아들더라도 인류의 마음을 대변한다. 문화는 시대를 대변하고 그 시대 사람들의 정신이 깃들어 있다. 우리의 전통 문화에는 우리 선인들의 정신이 스미어 있다. 현대를 살고 있는 우리의 정신 속에서도 은연중 선인들의 문화정신이 잠재하다가 행동으로 표출되는 일이 많다.

우리는 조급한 기질을 가지고 있는 민족이 아니다. 그런데도 해외에 진출한 한국 기업체에 취업한 현지인들이 가장 먼저 배우는 한국어는 '빨리! 빨리!'라고 한다. 근대화 과정에서는 모든 면에서 남보다 앞서가야 했다. 그 결과 '빨리!'라는 말이 저절로 나오게 되었다. 그러한 연유로 외국인의 눈에는 성급한 기질의 민족으로 비치게 된다. 이것도 우리 민족이 거쳐야 했던 문화의 한 양상이다.

그러나 우리 민족은 남을 배려하는 기질을 가지고 있다. 백의민족이라고 한 것만 보아도 활동적이라고 볼 수 없다. 조선시대 양반들의 행색도 서양인들에 비하면 비활동적이다. 조급함이 생활화된 것도 아니다. 우리의 선인들은 넉넉한 마음을 가지고 규범과 도덕을 지켜야 한다고 했다. 빠르지는 않지만 조금씩 발전해 가는 현상이 오히려 기림을 받아 문화로 녹아들었다. 문화의 토양은 사부작사부작 사람의 마음에 녹아내리는 진리로부터 시작된다. 한발 한발 옆의 사람도 깨닫지 못하는 사부자기 움직임이 필요하다.

사부작거림에도 순리가 따른다. 정도를 지켜야 한다. 우리의 선인들은 중용을 마음속에 간직하며 한쪽에 치우침을 경계했다. 정신적인 세계만이 문화의 자리에 설 수 있는 것은 아니다. 외형적인 모습으로 나타나는 유형문화나 형상화는 되지 않았지만 무형문화도 소중하다.

유형문화나 무형문화 모두 그 속에는 그 문화를 창조한 민족의 혼이 담겨 있다. 그리고 그 시대를 살아가는 사람들의 생활상이 담겨 있다.

그런데 그렇게 소중한 유형 문화재가 한꺼번에 소실되거나 파괴되어 역사의 뒤안길로 사라지는 일이 잦다. 숭례문 화재를 보더라도 전문가라는 사람의 지시에 따라 복원했음에도 처음의 모습을 찾기란 힘들다. 망가진 부분을 복원한다고 매뉴얼도 없이 손을 댔다가 원래의 모습을 잃어버리는 일이 비일비재하다.

시대를 대변할 수 있는 민족성이나, 시대를 초월하며 영원히 인간의 정신력을 지배할 수 있는 철학이 문화의 토양이 된다. 이러한 문화의 토양은 인간의 사상과 시대정신이 사부작거리며 녹아내리는 철학이 있어야 한다. 문화의 창조는 언제 어디에서나 이루어지고 있다. 비록 외형적으로 그 모습이 보이지 않는다고 해도 늘 우리 곁에서 창조의 힘을 발휘하고 있다.

문화는 그 시대를 살아가는 사람들의 정신과 혼이 반영된다. 오늘을 사는 우리들의 문화는 오늘의 사상과 혼이 나타난다. 그러나 오늘의 문화라고 해서 과거와 단절되어서는 안 된다. 현재와 접목할 수 없는 과거라 하더라도 소중하게 보존하고 우리의 민족정신으로 지켜주어야 한다. 또, 전통을 벗어난 문화라 하더라도 과거와의 단절이라고 규정지어 문화의 단절이라고 단정지을 수 없다. 문화가 전통성에 바탕을 둔다면, 오늘의 우리는 과거와 현재를 아우르는 안목을 가져야 한다.

문화 창조는 의도적인 것이 아니다. 그 움직임은 은밀하게 사부자기 이루어져야 한다. 문화는 민족의 정신과 혼, 그리고 인간의 삶이 융합되어 나타난다. 인간의 정신을 풍요롭게 하고, 자신을 진정으로 사랑하자면 사부작사부작 은근함이 앞서야 한다. 우리는 세월의 흐름을 빠르다고 표현한다. 그러나 문화의 발걸음은 시간의 흐름에 앞서 급히 달려 나가는 주자가 아니다.

기
다
림의
미
학 美學

　우리는 일의 진행 과정과 가능성을 뒤로한 채 결과를 중시하는 경향이 있다. 조급한 성격의 민족은 아닌데 일을 시작하기 전에 결과부터 예상하고, 자신의 일상에서 벗어나지 않으려 한다. 모험과 위험을 감수하는 진취적 기상이 보이지 않는다. 그런데 이들 모험과 진취적 기상은 지금까지 느껴 보지 못한 새로운 세계를 맞이하는 절대적인 기준이 된다.

　청소년기의 우리나라 학생들의 두뇌는 어느 민족보다 뛰어나고 우수하다고 한다. 국제 학술경연대회에 나가면 입상자 상위

그룹에서 우리나라 학생들이 차지하는 비중이 크기 때문이다. 그러나 성인이 되어 전문 지식을 획득할 때쯤이면 뒤로 처져서 그 능력을 잃어버린다고 한다. 기초에서부터 차근차근 창의력을 발휘하면서 결과를 도출하는 것이 아니라, 예상되는 결과를 중요시하기 때문이다.

우리는 노벨상을 갈구하지만, 결과 도출부터 중요시하는 교육 풍토에서는 이루어질 수 없다. 창의력을 발휘하는 안목과 기다림이 있어야 한다. 금년도 노벨 물리학상 수상자인 마이클 코스텔리츠J. Michael Kosterlitz 교수가 말했다는 기사를 읽었다. 뛰어난 연구 성과를 바란다면 죽은 나무에 물을 붓고 자라기를 기다리는 마음이 필요하다는, 가슴에 찡한 울림을 주는 이야기였다. 기다림의 미학이 돋보이는 말이다. 죽은 나무에 물을 준다는 것은 새로운 생명이 싹을 틔울 것이라는 창의적인 가능성이며 도전 정신이다. 거기다가 넉넉하게 기다리는 정신이 바로 결과로 도출된다는 것이다.

혁신적이고 도전적인 기초연구는 당장은 쓸모없는 기술일지 모르지만 시간이 걸리더라도 결국 세상을 바꾸는 결과로 나타난다. 때로는 무모한 도전에서 창의적인 연구가 탄생하기도 한다. 개척 정신과 도전하는 정신으로 무장하지 않으면 세상을 바꿀 만한 연구는 바랄 수 없다.

로버트 프로스트Robert Frost의 「가지 않은 길」이란 시가 떠오른다. 시의 첫머리에 노란 숲 속에 두 갈래 길을 다 가고 싶지만 똑같이 아름다운 다른 길을 택했다고 전제한다. 내가 택한 길에는 풀이 더 있고 사람이 걸은 자취가 적어 아마 더 걸어야 될 것이라고 생각했던 것이라면서 선택한 이유를 밝힌다.

풀이 더 있고 사람이 걸은 자취가 적다는 것은 미개척지를 의미한다. 이미 남이 걸어간 길은 더 이상 개척할 여지가 없다. 남들이 가지 않은 황무지에 가까운 길을 개척하는 것이 이상적이다. 남이 보기에는 무모한 도전이라고 생각할지 모르나 용기와 인내가 따른다면 모든 어려움과 장애물을 헤쳐 나갈 수 있다. 남들이 가지 않은 길을 간다는 것은 무모한 도전일지 모른다. 그러나 그러한 도전이 있었기에 오늘이 탄생했다.

　　오늘에만 집착하는 도전을 멈추고 내일이라는 시간에 투자해
야 한다. 발전은 재촉하지 않더라도 항상 내일을 향해 걸음마를
배운다. 남들이 가지 않는 길을 개척하는 무모한 과학자가 있었
기에 오늘의 역사는 한결 밝음이 있다. 그리고 이들의 황당한
연구를 뒷받침한 환경이 알맞게 조화를 이루었음을 기억해 둘
필요가 있다.

　　우리도 늦었다고 한탄할 것이 아니라 자라나는 세대를 위하
여 도전하는 용기를 심어 주고 세상을 바꾸는 연구를 위하여 조
건이 붙지 않는 지원이 있어야 한다. 결과 도출을 예상하는 지
원은 아름다움이 아니라 기존의 질서마저 무너뜨리는 문화의
역행에 속한다. 기초 교육에서는 창의력 신장을 위한 조심스러
운 배려가 있어야 한다.

　　요즈음 젊은이들은 어떤 분야를 택해야 돈을 벌 수 있고, 또
성공 가능성은 있는지 등을 따지고 직업을 선택한다. 자신의 능
력과 창의성, 그리고 도전하는 정신은 뒷전이다. 진취적인 기상
도 없이 자신을 거칠고 험한 세상에 맡긴다는 것은 세상살이의

첫걸음부터 위험하고 잘못된 선택이다. 이러한 정신은 이 세상을 이끌어가는 기성세대의 잘못이다. 시간이 걸리더라도 혁신적인 기초 연구로부터 출발하는 정신을 길러 주지 못한 것은 기성세대가 책임져야 할 몫이다.

 노벨상이 아니더라도 우리는 죽은 나무에 물을 붓고 자라기를 기다리는 마음을 배워야 한다. 모두 성공하는 것은 아니더라도 도전하는 정신이 중요하다. 포기하지 않는 용기를 품을 수 있는 시간과 진취적인 기상을 간직하는 하루하루가 되어야 한다.

●

슈
퍼
문
이
뜨
는
밤

　우리 민족은 달에 대하여 맑고 다정다감한 정서와 친근감을
가지고 있다. 어린 시절에 달나라에는 계수나무 아래에서 토끼
가 방아를 찧고 있다는 동요를 부르기도 했다. 타령조의 달 타
령을 비롯하여 대중가요에서도 달을 소재로 한 노래가 너무나
많아 일일이 열거할 수 없을 정도이다. 어린이, 어른 할 것 없이
환한 보름달을 마주하면 마음이 편안해지고 모두가 행복한 미
소를 띤다. 아마도 달빛에 버금가는 사랑을 달에게 보내고 있다
고 하는 것이 더 가까운 표현일 것 같다.

그러나 낭만 시인이자 달의 시인인 이백을 빼고는 달을 이야기할 수 없다. '달아 달아 밝은 달아! 이태백이 놀던 달아!'라고 부르는 노래에서도 달과 이백을 하나로 묶는다. 이태백李太白은 어릴 때 이름이 이백李白으로, 우리가 보통 시의 신선과 같다고 해서 시선詩仙이라 이르는 인물이다. 달을 너무 좋아해서 달을 소재로 한 시를 많이 지었다.

끝내는 장강長江 채석기采石磯에서 술에 취한 채 뱃놀이를 하다가 강물에 비친 달그림자가 너무나 아름다워 그를 잡으려다 강물에 뛰어들어 달과 함께 동화되어 사라졌다는 이야기가 전해진다. 그가 사라진 채석기는 장강에서 강폭이 제일 좁고 험한 곳으로, 강물에 비친 달과 산중에 뜬 달이 서로를 비추는 모습이 절경이라고 한다.

우리나라에도 전해 오는 이야기가 있다. 옛 선비들이 대보름 둥근 달이 뜨는 밤에 경포대 호수에서 기녀와 뱃놀이를 하면서 술잔을 기울이다 보면 다섯 개의 달이 뜬다고 한다. 하늘에는 둥근 보름달이 뜨고, 바다와 호수에도 달의 아름다운 정경이 나

타나며, 임의 눈동자에도 달이 있는가 하면, 술잔에도 달이 뜬
다고 해서 다섯 개의 달을 마음에 심는다고 한다.

지난 11월 14일에 대형 보름달이 68년 만에 밝게 빛났다. 이
대형 보름달을 영어로는 슈퍼 문super moon이라 부른다. 우리는
보름달을 마주하면 아름답게 간직한 소원을 빌면서 행운을 찾
아 주기를 기도한다. 기쁘고 즐거운 마음으로 달을 맞이하면서,
대보름이면 달맞이에 모두가 한마음이 된다.지난 14일에 가장
큰 보름달인 슈퍼 문이 커다란 얼굴을 선보였다. 이 날은 공교
롭게도 월요일이었다. 그래서 사람들은 지진이 발생하는 것 아
니냐는 걱정이 대단했다고 한다.

우리나라는 지진 발생지대와는 거리가 멀다고 했는데, 두 차
례의 경주 지방에서 일어난 지진은 모두 월요일에 발생했기 때
문에 걱정을 더해 주었다. 68년 만에 가장 큰 보름달이 뜨는 날
을 기하여 이상하고 괴상한 소문이 널리 퍼지면서 불안감이 확
산되고 있다. 슈퍼 문의 영향으로 대지진이 발생할 수 있다는
것이다.

얼마 전에 발생한 경주 지방의 지진이 사람들의 머릿속에서 가시지 않아 이 소문은 더욱 탄력을 받고 있다. 슈퍼 문은 달과 지구의 거리가 가장 가까워지는 때 나타나는 현상인 만큼 달의 인력引力이 지각을 자극해 천재지변이 일어날 수 있다는 것이다. 뉴질랜드에서 규모 7.8의 강진, 아르헨티나에서 규모 6.2의 지진이 발생했다는 소식이 전해진 데 이어 충남 보령에서도 규모 3.5의 지진이 관측되자 이 같은 불안감도 더욱 커졌다.

사람들은 나비 효과Butterfly Effect에 해당되는 것은 아니냐면서 슈퍼 문에 맞추어 대내외로 지진이 일어나는 것을 보니 실제 연관이 있나 보다 하고 걱정이다. 나비 효과란, 브라질 아마존 강에 있는 나비 한 마리의 날갯짓이 미국 텍사스에서 토네이도를 발생시킬 수 있다는 과학이론으로, 미세한 차이가 엄청난 결과를 가져온다는 의미를 담고 있다. 작고 사소한 사건 하나가 나중에 커다란 효과를 가져오게 되어, 결과적으로 엄청난 변화를 초래할 수 있다는 것이다.

그러나 과학자들은 근거 없는 속설로 본다. 이번 슈퍼 문이

뜰 때에는 지구와의 평균 거리보다 2만 7000여 km 가까워진다고 한다. 이 정도 거리 단축으로는 조석 간만의 차가 심해지는 정도이지, 지진까지 부를 수준은 아니라는 것이다. 일부 네티즌도 슈퍼 문 괴담에 대해 달 타령 그만했으면 좋겠다거나 입증된 것 없는 상황에서 재미로 공포감을 조성하느냐고 비판했다.

　우리는 오랜만에 가장 큰 보름달이 뜬다는 사실에 회의를 가지고 두려워할 것이 아니라, 보통의 보름달이 뜰 때보다 더 큰 행운이 찾아올 것이라고 희망적인 마음으로 달맞이에 나서면 좋겠다. 행운과 희망은 마음가짐이다. 보다 큰 보름달을 바라보면서 우리 어머니들이 그랬듯이 가족의 건강과 우리 모두의 밝은 내일이 이루어지길 기도하자.

●
季
節

계절의 길잡이

　오늘은 가을 절기 중 두 번째에 해당하는 처서處暑이다. 여름
이 지나 무더위도 한풀 꺾여 선선한 바람을 맞이한다는 절기이
다. 절기는 계절의 길잡이다. 태양력의 단점인 실제 계절과의
어긋남을 보완하기 위하여 일 년을 스물넷으로 나누어 계절을
세분한 것이다. 결과적으로 절기는 대체로 15일 간격으로 나타
나는데, 때로는 14일에서 16일이 되기도 한다. 절기는 중국 남
부지방을 중심으로 하기에 우리나라 기후와는 약간의 차이가
있다. 그리고 음력은 양력에 비해 날짜가 조금씩 어긋나기 때문
에 윤달을 넣어서 계절과 맞게 조절한다.

우리는 농경사회에서 농사와 깊은 인연을 맺으며 살아왔다. 그리고 농경사회에서는 절기의 흐름에 민감할 수밖에 없다. 씨 뿌리기, 김매기, 가을걷이 등을 위해서는 늘 날씨에 관심을 가져야 하기 때문이다. 절기는 양력과 관계없이 음력을 쓰는 농경사회에서 만들어졌지만 태양의 운동을 바탕으로 한 탓에 태양력의 날짜와 일치하게 된다. 실제 태양의 운행에 맞춘 태양력과 절기는 연관돼 있어 태양력에서의 24절기는 해마다 비슷한 날짜에 나타나지만 음력으로는 날짜가 조금씩 다르다.

24절기는 태양력의 연장이지 절대 음력으로 정하는 것이 아니다. 다만 태음력의 윤달을 정할 때 스물네 절기가 이용된다. 절기는 스물넷으로, 각 계절마다 여섯 가지이며 계절의 흐름에 따라 계절의 속내를 하나하나 짚어내고 있다. 봄 계절의 입춘立春은 봄의 시작을 알리고, 청명淸明은 날이 맑아 봄에 논농사 일을 시작하기 좋은 때라는 뜻이다. 가을이 다가왔음을 알리는 입추立秋를 지나고 마주치는 백로白露는 농작물에 흰 이슬이 맺히는 절기로, 이 시기에 비가 오면 십리 천석十里 千石을 늘린다고 했다.

　때로는 서로 다른 계절 감각이 겹쳐 나타날 때가 있다. 세시 풍속으로 막바지 여름을 알리는 말복과 가을의 시작을 알리는 입추가 겹쳐 나타나는 해도 있다. 말복이자 경일更日이기 때문에 일어난 현상이다. 말복이라면 더위가 마지막 힘을 다하여 기승을 부리는 시기이다. 아무리 가을의 시작을 알리는 입추가 말복을 등에 업고 시절을 앞서려고 해도 여름 속에 가을이 기대고 있을 뿐이다.

　보편적으로 여름은 비가 자주 내리는 계절이다. 올해는 비가 내린다는 소식보다 무더위가 기승을 부리는 긴 여름의 한 해였다. 하늘까지 메말라 농부들은 애타게 비를 기다리면서 기우제라도 지내야 되겠다는 간절한 마음이었다. 가끔 내리는 비는 가랑비에 불과했다. 바닥을 드러내며 갈라지는 논바닥을 바라보는 농부들은 시절을 탓하기도 하며 자연스럽게 운행되는 절기도 믿지 못하겠다고 한탄한다. 농사일뿐만 아니라 식수원으로 사용되는 댐도 바닥을 드러내고 있어 마실 물 걱정으로도 어려움을 겪었다.

그러나 처서가 다가오자, 아침 일찍 산책길에 살갗을 스치는 서늘한 바람이 상쾌하다. 그래서 모두들 절기는 속일 수 없다고들 말한다. 더위도 시절을 이기지는 못하는가 보다. 입추가 지나면서 태풍이 한반도 근처를 지나며 비를 뿌려 더위도 주춤거리기 시작했다. 서늘한 가을바람을 덤으로 챙겨 주어 초가을 날씨를 맛보게 한다. 오늘은 절기상 처서이다. 늦더위가 물러가고 아침저녁으로 신선한 기운이 가을을 부르고 있다.

입추가 가을 문턱에 첫발을 디뎠다면 처서는 가을과 어깨를 나란히 하면서 청명한 하늘을 뽐내고 있다. 농부들은 오늘도 하늘을 쳐다보며 농사일을 걱정한다. 절기에 따라 날씨가 아름답게 펼쳐지기를 마음속으로 기도한다.

　계절의 길잡이인 절기도 유유히 가던 길을 지나면서 계절을
품에 안는다. 사람들이 가끔 푸념으로 날씨를 원망하곤 하지만
절기는 가던 길을 바꾸거나 이탈하지 않는다. 계절에 앞서 손가
락으로 헤아리는 절기는 농민들의 오랜 풍속과 그 운행을 어기
지 않는 자연의 질서와의 약속이다.

농부들은 시절을 탓하지, 계절의 운행을 원망하지 않는다. 언제나 그랬듯이 농부들은 자연이 주는 만큼 받아들이며 내일을 기약한다. 지금은 명랑한 계절이다. 날씨도 가을을 품에 안고 서서히 다가온다. 청명한 날씨에 모든 이의 마음을 맑고 깨끗하게 물들여 간다.

正東津
旅情

제2부 서정의 갈무리

사람은 정이 흐르는 삶을 누비면서 사랑의 씨앗을 뿌리며 살아간다.

빛깔이 다르더라도 사람마다 무한한 정과 사랑을 간직한다.

말이나 글로는 알맞게 담아낼 수 없는 마음속 울림이 있다.

사람들은 마음속 울림을 소중히 품으며 내일을 기다린다.

마음속 울림을 표출하는 사람이면 누구나 간직하는 서정이다.

서정은 인간의 보편적 가치로, 사람들은 마음속에 깊이 간직한다.

사람들은 스스로의 감정과 마음에서 느끼는 정서를 중요하게 여긴다.

일상에서 느끼는 솔직한 감정은 자연과 한마음이 되어 나타난다.

기쁘고 슬픈 감정이 교차되면서 인간 정서의 기복을 안겨 준다.

중용에 뜻을 두어 기쁨과 노함, 슬픔과 즐거움을 한곳에 두지 않는다.

사람은 나만의 삶이 아니라 더불어 살아가는 지혜를 터득한다.

남의 잘못을 감싸 주면서, 너그러운 마음으로 이웃을 사랑한다.

옳고 그름을 깨닫는 정의로운 마음은 늘 인간의 서정을 앞세운다.

인간의 정서는 무한하다. 문학 작품에 나타나는 정서로 눈물을 보이기

도 하며 감정이입으로 자신의 처지인 양 안쓰러워하기도 한다.

계절에 민감한 사람은 남다르게 계절 감각에 예민한 반응을 보인다.

계절은 무한한 서정으로 인간의 마음을 움직인다.

인간의 정서는 천차만별이다.

웃음이 나오는 장면에서 눈물을 보이는 이가 있으며 슬픈 장면에서도

태연한 척 평상의 모습으로 돌아서는 이도 있다.

정서는 사람과 환경과 장면에서 이루어지는 인간의 마음가짐이다.

인간에게 정감 있는 꿈이 없다면 마음은 메마르고 내일을 기약할 수 없다.

●

대춘부　待春賦

　　한라산 기슭의 잔설이 녹아내리면서 청매가 하얀 눈빛의 꽃
망울을 터뜨린다고 한다. 한편, 한려 수도 해상국립공원 부근
의 춘당매가 이미 꽃망울을 터뜨렸다는 소식도 함께 전한다. 나
는 춘매가 꽃망울을 터뜨린다는 반가운 소식을 은근히 가슴에
담아 둔다. 그러나 싸한 날씨는 아직 겨울의 끝자락을 놓지 못
하고 있다. 대관령 산자락의 백설이 지금은 겨울이라고 눈 덮인
산 풍경을 자랑하고 있는 것을 보면 봄이란 어휘는 아직 생소한
느낌이다.

눈 속에서 눈빛과 같은 하얀 꽃을 피우는 매화는 매운 추위를 이겨내면서 제일 먼저 봄을 알리는 전령사이다. 매화는 추운 겨울을 용케도 버텨낸 마른 가지에서 새잎이 돋기도 전에 꽃을 피우는 봄맞이 꽃이다. 그 기개가 고상하여 곧은 절개를 상징하는 꽃으로도 칭송받는다. 예로부터 사군자四君子의 하나라고 하여 고상한 품성을 다독이던 선현들의 마음가짐을 알 것 같다.

절기상 봄의 시작은 입춘부터이지만 우리나라에서 입춘은 아직 한겨울 날씨에 가까울 때가 많다. 24절기는 중국 주나라 때 허베이河北省 지방 기후에 맞게 정해져 우리나라 기후와 차이가 있기 때문이다. 오늘이 입춘이다. 입춘에는 매화가 아니더라도 자연은 봄맞이에 바쁜 일손을 멈추지 않는다. 입춘 때가 되면 대목장을 기다린 듯 호된 추위가 찾아온다. 그래서 입춘 추위는 꿔다빌려다 해도 한다거나 입춘 추위에 장독김칫독 깨진다는 속담도 전해 온다.

그런데 올해는 평년보다 따뜻한 입춘이다. 지구 온난화의 영향인 것 같다. 이제는 입춘 때뿐만 아니라 계절을 가리지 않고 온난화 현상으로 차차 기온이 올라가는 추세이다. 이산화탄소 배출이 주범이라고 한다. 그럼에도 봄다운 봄이 오려면 달포를 넘게 기다려야 할 것 같다. 통상 계절 기준으로 보면 3월 1일부터가 봄이므로 지금은 완연한 봄이 시작되는 것은 아니다. 그를 뒷받침하듯 맑고 차가운 기온이 북서쪽에서 내려온다는 예보가 방송을 탄다. 늦게나마 입춘 추위가 찾아오는가 보다. 그래도 시절은 바뀜이 없어 봄의 소리가 주위를 맴돌고 있다. 조금 있으면 유채꽃이 봄소식을 알릴 것이다. 유채꽃도 매화와 마찬가지로 추운 겨울을 거치면서 봄을 맞이하는 영춘화迎春花에 속한다.

이제 입춘 다음 절기인 우수도 다가온다. 우수는 눈이 녹아 비가 되고 얼음이 녹아 물이 된다는 절기이다. 그래서 그런지 아직은 한겨울인데도 요즈음 눈보다 비가 내리는 일이 잦다. 예로부터 우수, 경칩이면 대동강도 풀린다고 했다. 우수가 지나면 날씨가 풀려 봄기운이 돌고, 초목에는 새싹이 피어나게 된다. 이맘때면 겨울나기를 마친 새들도 양지바른 나무숲에서 지저귀는 소리가 한결 가볍다.

봄은 눈 속에서 꽃망울을 터뜨리는 매화 향기나 겨울나기 노란 유채꽃에 실려 오는 것이 아니라 사람들의 마음에 먼저 그 울림을 전한다. 괜히 부산을 떨며 겨울의 묵은 때를 털어낸다고 집 안 청소를 한다거나 정원의 화분을 손질하는 손길은 봄이 오는 울림이 녹아내리는 모습이다.

계절이 지날 때마다 다가서는 계절의 향취가 있다. 네 계절이 반듯한 우리나라는 계절마다 느끼는 정취가 뚜렷하지만, 만물의 활동이 시작함을 알리는 봄기운이야말로 마음을 부풀게 하는 이미지라고 할 수 있다. 날이 풀리면 차갑고 매운 계절에 겨울잠을 자듯 활동을 멈추고 있다가 시작을 알리듯 봄의 기운이 기지개를 켠다. 봄은 시작을 알리는 계절이다. '새봄, 새싹' 등을 보면 다른 계절과 다르게 '새'가 붙어 새로움을 나타내는 것만 보아도 다른 계절에 앞서 새롭게 시작한다는 의미를 내포하고 있다.

그러면서 봄은 사람들에게 희망을 준다. 사람들이 한겨울을 지내면서 '긴 겨울'이라고 말하는 속내는 빨리 날이 풀려 봄이

찾아오기를 바라는 마음이 담겨 있다. 그 바람을 사람보다 풀과
나무가 먼저 나타낸다. 입춘 추위가 매섭다고 해도 식물들은 봄
맞이 준비를 끝내고 소곤거리는 소리를 뱉어낸다. 우수가 지나
면 한결 날이 풀려 바람 소리도 정겹다. 이 희망찬 계절에, 봄이
우리에게 안겨주는 행운에 몸과 마음을 녹아내어 보고 싶다.

●
춘설 春雪

　입춘이 지난 지도 한참이다. 입춘은 24절기에서 봄을 알리는 첫 기별이다. 입춘 추위가 매섭다고 하지만 봄은 벌써 우리 곁에서 마중 채비에 분주하다. 봄 마중은 알싸한 바람과 함께 동구 밖에서 서성인다. 아직 겨울의 차가운 기운이 옷깃을 여미지만 남녘에선 바람결이 부드럽다는 소식이다. 자연스럽게 매무새에 눈길이 먼저 간다. 여기저기에서 봄이 이미 고물거리고 있는데 계절에 민감하지 못한 탓일까. 겨울잠을 깨지 못한 나는 봄소식을 멀리서 기웃거리며 엿듣는다.

올겨울은 유난히 날씨가 변덕을 부렸다. 감내하기 힘든 계절
은 아니었는데도 추위가 호들갑을 떨칠 때면 몸은 점점 잦아들
기 일쑤였다. 그러다가 햇볕이 따사롭고 바람이 잠들면 봄기운
이 물씬 풍기는 계절의 중턱을 넘나들기도 한다. 옛적에는 삼한
사온이라 해서 한기와 온기가 서로 넘나들면서 조화를 이루었
는데 인간이 자연을 거스르면서 날씨도 계절을 잊어가고 있다.
우리나라도 아열대 지방의 날씨를 닮아가고 있다고 한다. 온실
가스 배출이 넘쳐나고 있다고 야단이지만, 무심한 인간은 오늘
의 자기만을 생각하면서 자연의 아픔을 어루만져 주지 못하고
있다.

또다시 추위가 요동칠 것이란 예보다. 겨울인데도 추적추적
내리던 비가 추위를 몰고 오는가 보다. 어쩌다 흩뿌린 눈이 온
통 산야를 하얀 겨울 색으로 물들이더니 그것도 추적거리던 빗
소리에 녹아 스러지고 사라진 지가 어제인데, 또 변덕을 부린다
는 소식이다. 아침 일찍 자리를 떨치고 문을 여니 밤새 내린 눈
으로 세상이 하얗다. 눈은 소리를 내지 않는다. 조용히 왔다가
말없이 사라지는 눈은 처음부터 여성적이다. 소복한 여인의 심

성을 닮아서인지 현란하지 않으며, 아름다운 채색은 처음부터 가까이하지 않는다. 그런데 아침에 은백의 뽀얀 얼굴로 다가서는 눈은 현란한 모습이다.

입춘지설을 춘설이라고 한다. 봄눈은 말 그대로 봄에 내리는 눈이다. 꽃피는 계절에 꽃같이 하늘을 수놓는 눈이라 해서 모두가 따뜻하게 맞이한다. 빨간 동백이 어느 결에 남녘 바닷바람을 쐬며 봄맞이 나들이를 준비하고 있다는데, 이곳에선 겨울눈이라 해서 손등에 번지는 짜릿한 감동에 젖는다. 밤새 하얗게 수놓은 산과 들녘에 햇볕이 스치면 대지는 본래의 물감으로 새롭게 채색하면서 자연 본래의 모습을 우리 눈앞에 펼친다.

힘 한번 제대로 써 보지 못하고 스러지는 모습이 사람의 일생을 생각나게 한다. 사람도 시절을 놓치면 봄눈 녹듯 스러지는 것 아닌가. 눈도 제때에 내려야지 남의 계절에 빗대어 벗하려니 측은함마저 든다. 서설瑞雪이 첫눈이라면 춘설은 마지막 눈이 되겠지. 서설은 상서로운 기운을 온 세상에 널리 알린다고 해서 모두가 반갑게 맞이한다. 그리고 한겨울에 내리는 눈이 나뭇가

지마다 설화를 이루며 겨울 꽃을 자랑하는데 비해 오늘 내린 춘
설은 초라한 모습이다.

춘설을 반기는 사람도 있다. 농부들이다. 풍성하고 복스러운
눈이라고 칭찬을 아끼지 않는다. 춘설이 많이 내린 해에는 농사
도 풍년이 든다고 모두들 희색이 만연하다. 한겨울 메말라 물기
가 없는 대지에 생명력을 불어넣는 춘설은 그래서 온갖 식물에
게도 고마운 손님이다. 자연의 섭리는 늘 사람의 마음을 앞질러
운행되고 있다. 절기에 맞는 봄비는 아니지만 춘설이 내림으로
써 대지는 생명력을 간직하게 된다.

그늘지고 햇빛 받지 못하는 산골짝 응달에 매달리듯 남아 있
는 잔설은 수다스러운 바깥세상이 그리울 법도 하지만, 때 되어
도 녹지 못한 시름을 얼음장으로 얼굴 내밀면서 마냥 춘설을 그
리워하는 모습이다. 봄맞이 눈이 춘설이 아니던가. 소복한 여인
의 모습으로 나타나는 눈이지만 다소곳한 모습은 보기가 좋다.
한겨울 싸락눈은 성깔 있게 쏟아지지만 봄눈은 바쁠 것 없는 행
보이다. 가다가 지치면 진눈깨비로 변한다 해도 여유로움이 있다.

휘적휘적 바람타고 이리저리 거닐다 꽃냄새 가까이 다가오면
그대로 자리 잡으면 된다.

　봄맞이 춘설이 내렸다. 고마운 춘설이 밤새 많이도 내렸다.
농부들의 얼굴에 꽃이 피었다. 화들짝 놀라 하늘을 가로지르는
새들도 즐거움에 젖는다. 내리자마자 녹아버리는 깜짝 선물이
아니라 농부들에게는 풍년을 약속하는 고마운 손님이다. 지상
의 모든 생물에게 생명력의 원천수가 되는 춘설을 기쁜 마음으
로 맞이하며 올해의 풍년을 기원한다.

●

솔바람 부는 _{푸른 오월}

솔바람 부는 푸른 오월

　　송홧松花가루 날리는 4월을 뒤로 물리며 연둣빛 물감으로 대
지를 물들이는 계절의 정취가 어느새 초록의 세상으로 탈바꿈
시켜 가고 있다. 골짝 골짝마다 하얀 쌀밥 같은 꽃을 머리에 이
고 계곡을 에워싸고 있는 이팝나무 꽃 너머로 아카시아 꽃 냄새
가 상큼한 향기를 뿜내기 시작한 지도 꽤 오래되었다. 이때쯤이
면 마음이 활짝 열리고 온 세상이 싱그러움으로 가득한 계절이
다가왔음을, 스치는 솔바람이 마음에 울림을 준다. 고요한 골짝
에 솔바람이 소리를 내면 나무들도 너울너울 춤을 추며 초록의
잎새를 자랑한다. 재잘거리던 새들도 이곳저곳 날아들며 봄맞

이에 날갯짓이 빨라진다. 아침나절 청정하고 산뜻한 공기는 겨우내 움츠렸던 기운을 북돋아가며 활기찬 하루를 마련해 준다. 참신하고 푸른 오월의 전령사이다.

시인 노천명은 오월을 '계절의 여왕'이라고 노래했다. 오월은 참신하고 고귀한 품성을 자랑한다. 그래서 여인의 계절이라고 한다. 오월은 왕성한 활동의 계절이기도 한다. 나무와 이름 모를 들풀은 하루가 다르게 쑥쑥 자라면서 생기를 나타내며 초록의 세상을 자랑한다. 깊은 산속 나무숲에서는 이름을 알 수 없는 새들의 지저귐이 고요한 산골짝 구석구석을 누비고 뻐꾹새는 짝을 찾아 애절하게 화답한다. 평화롭고 때 묻지 않은 산속 풍경이다. 오월의 싱그러움이 물씬 풍기는 정경이다. 고요함이 있어 오히려 기다려지는 아이들의 노랫소리를 산새들이 대신한다.

그래서 푸른 계절 오월은 봄이 익어가는 계절이라고 한다. 초목은 푸름을 더해 가고 새들도 날마다 즐거움에 겨워 하루를 보낸다. 만물이 소생하고 그 운기로 풍성한 대자연을 펼쳐 보이는 풍요로움이 그 어느 때보다도 풍성한 계절임을 모두의 가슴에 알린다. 소리를 내지 않지만 나뭇가지마다 슬며시 찾아드는 바람결은 온화한 봄기운을 마음껏 선물한다. 소나무 가지를 스치며 찾아드는 솔바람이다. 소나무의 푸른 잎 사이사이를 어루만지며 슬쩍슬쩍 헤쳐 가며 자연의 시각적 푸름을 청각적인 은은한 소리로 알리는 솔바람은 조용함을 숨기려 바람을 달랜다.

오월은 모든 면에서 풍성한 계절이다. 눈앞에 펼쳐지는 푸름 하나로도 우리의 마음은 모든 것을 가진 듯하다. 자연은 우리 마음에 안기지만 품속에 간직하려고 하면 오히려 심술을 부린다. 우리의 눈을 즐겁게 하는 활짝 핀 꽃들도 하루가 다르게 시든다. 내일을 위하여 오늘의 아름다움을 일찍 거둔다. 결실의 계절을 위한 오늘의 푸름을 거두어들이는 모양새이다. 오월은 사람에게도 풍성한 계절이다. 달력을 펼쳐 보면 하루가 멀다 하고 무슨 날이다 또는 무슨 기념일이다 하여 빼곡히 차 있는 일정표가 보인다. 5월보다 더 풍요롭고 풍성한 달이 있겠는가.

우리는 풍요로움 속에서 나무의 어린 새싹을 바라보며 어린이를 생각하게 된다. 제일 먼저 어린이에 대한 사랑이 가슴에

와 닿는다. 사랑이 가장 그리운 이는 청순하게 자라나는 어린이다. 아직 정체성이 확립되지 않아 행동 하나하나가 어른스럽지 못하다고 하더라도 그들만의 생각과 행동이 있다. 봄에 핀 들꽃이 열매를 맺기 위하여 자연에서의 끊임없는 사랑이 필요하듯이 어린이들도 내일을 위한 보살핌이 있어야 한다. 어린이는 아름다운 꽃으로도 때리지 말라고 했다. 얼마나 사랑이 넘쳐나는 말인가. 아름다움의 대명사처럼 여기는 꽃이지만 어린이를 매질하는 데 쓰여서는 안 된다는 이야기이다. 사랑으로 다독이고 자애로운 손길로 보듬어야 한다. 내일의 주인공은 우리가 아니라 오늘의 어린이다. 어린이들이 미래 사회의 주역답게 좋은 환경에서 싱싱하게 자라나기를 기원해야 한다.

어린이는 푸른 계절, 5월에 비유된다. 5월의 자연은 청정하고 때 묻지 않은 순수함이 돋보인다. 싱싱함이 있어 모든 사람들로부터 사랑을 받고 칭송을 얻는다. 어린이는 청정하고 싱싱한 내일이 있다. 고요한 산속에서 솔바람을 맞으며 평화로운 모습을 보이는 푸른 오월의 맑은 정기를 뽐내는 나무는 바로 어린이의 모습이다. 어린이는 세파에 물들지 않고 순진무구한 성품

을 자랑한다. 푸른 계절과 같은 싱그러움이 있어 사람들로부터
사랑을 받는다. 오월의 자연이 솔바람을 맞으며 싱그럽게 피어
나듯이 얼굴에 핀 맑음이 가슴으로 흘러가며 익어가는 어린이
의 순진함이 푸른 오월을 더 아름답게 꾸민다. 오월이여, 더 푸
르러 다오. 내일을 위하여.

9월의 수채화 水彩畵

　아직은 무더위가 기승을 부리는 늦더위 끝자락, 짝을 찾는 귀뚜라미의 애틋한 소리에 가을이 이마를 내민다. 동구 밖 산모퉁이 너머로 언뜻언뜻 보이는 하늘은 벌써 푸르러 가을빛을 들추어내고 있다. 가을을 알리는 입추를 지나 백로가 다가오자 영롱하고 맑은 이슬을 밤새 풀잎에 많이도 내렸다. 아침저녁으로 선선한 바람이 살갗을 스치며 이른 가을 기운을 희미하게 알리며 지나간다. 아침 산책길에 소매 안으로 기어드는 바람이 흠칫 차가움을 안긴다. 그러나 한낮이면 따가운 햇살이 서늘한 그늘로 자리를 옮기게 한다. 일교차가 들락거리며 하루에 두 계절을 넘

나들게 한다. 면역력이 약해진 이들은 몸 상태를 나름대로 하나
하나 들추어 보면서 가을을 맞이해야 한다.

대기가 건조해지자 뿌옇게 하늘을 가리던 미세먼지가 걷히면
서 가시거리도 몇백 미터로 늘어난다. 푸른 바다도 하늘과 맞닿
은 수평선을 확연하게 그리며 종이를 접어 띄운 듯한 고기잡이
배를 가슴에 안는다. 모두가 파랗다. 코발트 빛깔의 청남색이
다. 가을의 빛깔이다. 찌는 듯한 더위로 지구가 온통 습기로 젖
었다가 서늘한 바람에 산과 들이 맑고 차가운 기운을 뿜어내자
하늘도 코발트 빛깔로 파랗게 물들여 간다. 하늘은 한없이 높고
청명한 기운은 더위에 지친 사람의 마음마저 파랗게 물들인다.
멀리 보이는 산도, 바다도 여름의 추억을 뒤로 하고 덩달아 하
늘빛으로 닮아간다. 그래서 가을의 빛깔은 맑음을 자랑한다.

푸름 속에 유리알처럼 투명한 하늘과 서늘하게 불어오는 바람
도 초가을 풍경에서 멀어지지 않고 서로 어깨를 겨룬다. 삽상한
바람은 더위에 지쳤던 사람들을 산책로에서 반긴다. 산책로를 따
라 시골 외진 길을 걷다 보면 반갑게 맞이하는 손님이 있다. 들국

화 무더기이다. 어느 누가 읊었는지 모르지만 "홀로 핀 들국화야! 너는 어찌 홀로 외로움을 달래느냐?"라는 자조 섞인 노랫말을 흘렸다. 그러나 홀로 핀 들국화는 만나기 힘들다. 대개 들국화는 무더기로 피어 있다. 노랗고 예쁜 자태를 자랑하면서 초가을 정취를 뽐낸다. 간혹 홀로 핀 들국화를 만난다고 해도 노랫말처럼 외로움이 아니라 고결함이 돋보인다.

들국화와 더불어 지나는 사람에게 손짓하는 손님이 또 있다. 작은 바람에도 온몸을 흔들며 청순한 꽃을 자랑하는 코스모스이다. 들녘 길가에서 만날 수 있는 가을꽃이다. 가을 이미지와 제대로 소통할 수 있는 가을꽃이라면 코스모스를 빼놓고는 말하기 힘들다. 시어나 노랫말의 단골손님에 초대되어 사랑을 받고 있는 경우를 보더라도 알 수 있다.

초가을 정취에서 빼놓을 수 없는 풍경이 또 있다. 초가집 지붕 위에서 중추가절 추석빔을 위해 댕글댕글 여물어가는 박 덩이를 들 수 있다. 지금은 초가집을 만나기도 힘들지만 지붕 위의 고지박 덩이가 여기저기 굴러다니는 모습을 찾는 것도 옛정

을 그리는 마음에서일 뿐이다. 그러나 옛적에는 추석을 맞아 차
례 제사상에 제일 먼저 올라오는 채소가 고지박으로 만든 채소
였다.

들국화, 코스모스, 박 덩이는 초가을에 만날 수 있는 수채화
이다. 산업화로 시골 정경도 많이 변해 옛날의 서정은 찾기 힘
들어 이들 초가을 수채화는 마음속에서나 그리는 서정이다.

신선한 바람도 가을을 가꾸는 마음에 남아도는 가을 풍경이다.
가을에 만나는 풍경화는 여름의 찌든 때를 날려 보내는 신선하
고 서늘한 바람이 있어 한결 산뜻한 느낌을 안긴다. 창문으로
스며드는 달빛에 어우러지는 풀벌레 소리도 가을을 알리는 울
림이다. 가슴의 울림으로 다가서는 가을의 소리이다. 가을의 울
림을 수채화로 다듬는 이야기가 있는 서정이 가슴속에서만 맴
돌다가 이름 모를 벌레 소리로 계절을 재촉한다.

산뜻한 공기로 모든 사람이 힘차게 활동할 수 있는 초가을 날
씨를 아름다운 시어로 예찬하는 말이 아쉽다. 초가을 명랑한 계
절의 찬사가 아쉽다. 서경을 서정으로 옮겨놓을 수 있는 정겨운

마음과 서정을 수채화로 탄생시킬 수 있는 9월의 이미지가 없다.
그리고 이 계절에 만나는 풍경을 수채화로 옮겨 놓은 서사시와
서정시가 그립다.

●
시
월
이

오
는

소
리

　단풍은 소리 없이 다가오지만, 그 울림은 찬란한 빛깔로 우리
의 마음에 전해 온다. 봄은 남쪽에서 오고 가을 단풍은 북쪽에
서 내려간다. 남쪽에서는 한라산 기슭의 춘매가 가장 먼저 봄소식
을 알리고, 북쪽 설악산 단풍은 가을이 익어가는 소식을 전한다. 시
월이 되면 오색 단장을 하고 단풍이 세상을 꾸민다. 차가운 기
운을 가장 먼저 느끼는 정상부터 울긋불긋 새 옷을 갈아입는다.
봄이 겨울잠에서 깨어난 새싹을 품에 안고 꽃향기 뿌리며 한 해
의 시작을 알리면서 환한 얼굴로 다가온다면, 시월 단풍은 붉은
색과 노란색으로 울긋불긋 옷을 갈아입고 일생을 마감하는 아

름다움을 간직하며 산 아래로 내려앉는다.

 우리나라 단풍은 설악산에서 매일 남쪽으로 번져 남부지방에 위치한 내장산, 지리산을 거쳐 한라산까지 내려간다. 단풍이 든다는 것은 나무가 다가오는 해를 맞이하기 위한 과정이다. 나무는 신비롭게도 자신의 마지막을 추한 모습으로 나타내지 않고 아름다움으로 장식할 줄 안다. 날씨가 추워지면 나무들은 성장을 멈추고 나뭇잎부터 갖가지 색깔을 뿌리며 한 해를 마감한다. 눈이 시리도록 청명하고 파란 하늘, 아름다운 대자연의 향연이 없는 가을이라면 무미건조한 하루하루가 우리를 맞이할 것이다. 그러나 자연은 언제나 우리에게 찬란한 아침을 선물로 안기며 때로는 아름다운 단풍으로 우리의 눈을 즐겁게 한다.

 자연이 인간에게 주는 선물은, 늘 자연 그 자신만이 간직할 수 있는 아름다움으로 세상을 놀라게 하며, 모든 이들에게 감탄을 불러온다. 올해는 유난히 단풍이 아름답게 물들었다고 한다. 가을 문턱에 들어서면서 기온이 천천히 내려가는 해의 단풍은 아름답게 물든다고 한다. 아열대성 기온은 가을을 맞이하는 버

룻이 아직은 서툴러서 찬 대륙성 고기압에 눌려 차가운 기운을
한꺼번에 가져오지 못하고 주춤주춤 빈 걸음을 걷다가 아름다
운 빛깔을 마련해 주었다.

　계절이 바뀌는 초가을 날씨는 늘 변덕을 부렸으나, 저만치 물
리치고 나면 다가오는 단풍이 물드는 계절은 동화 같은 아름다
움이 번지는 세상이다. 단풍은 마음에 담아 감상하는 예술이 아
니라 아름다운 풍경을 눈에다 심고 가슴에 담는 풍경화이다. 단
풍 물들기가 절정에 오르면 산은 사람의 꽃으로 홍역을 치른다.
단풍을 닮아 오색 단장한 사람들의 물결은 살아 있는 동영상으
로 꽃을 피운다. 내장산의 단풍은 사람과 일체감을 이루어야 그
진가를 발휘한다. 산속으로 들어가는 초입에서부터 단풍을 감
상해야 한다. 길 양옆으로 줄지어 마중하는 단풍나무 숲속으로
들어가면서 감상해야 한다. 산속으로 들어가면서 단풍에 동화
되어야 한다. 가슴에 담아 가면서 음미해야 한다. 어쩌면 단풍
과 내가 하나가 되어야 한다. 멀찍이 바라보며 감상하는 것은
내장산에서는 허락하지 않는다. 속리산 단풍도 비슷하다.

그러나 설악산이나 지리산은 다르다. 산세가 험하다는 것도 이유가 되겠지만 이들 단풍은 가까이 오는 것을 허락하지 않는다. 멀리서 바라보아야 진가를 알 수 있다. 산이 높고 험하므로 산속에서 감상하는 것보다 멀리서 바라보면 빛깔이 더 선명하다. 그래서 설악산의 단풍은 눈에다 심어야 한다. 시월 단풍은 푸른 하늘이 있어 깨끗하고 맑은 기운을 듬뿍 안겨 준다. 그래서 시월은 남자의 계절이라고 한다. 단풍은 가슴에 담고 있는 사람들의 빈 가슴에 그리움을 싣고 오지만, 청명한 하늘은 눈길조차 주지 않고 시원하게 가을을 점지하고 있다.

이상 늦더위 현상으로 10월이 오기 전에 9월 하순의 기온이 중순보다 높아 한여름 같은 더위가 기승을 부리기도 했었는데, 계절은 그들만의 운행 덕분에 자신을 잊는 법이 없다. 갑자기 설악산에 올가을 들어 첫얼음을 안기고 있어 늦가을 정취를 뿜어내고 있단다. 서서히 다가오던 가을이 단풍을 등에 업고 뜀박질로 달아나고 있다는 소식이다. 단풍도 서서히 인사를 드린다. 단풍 낙엽을 지우며 떠나가는 모습이다.

　　단풍이 지고 나면 산은 본래의 모습으로 적막에 싸인다. 북적이던 사람의 모습도 단풍에 떠밀려 하산하고 만다. 세상은 생각만큼 넉넉하지도 너그럽지도 않다고 할지 모르나 자연은 늘 풍족한 마음을 우리에게 보낸다. 어제도, 그리고 오늘도 모든 이들에게 한결같은 모습으로 나타난다. 내일이면 또 새로운 모습으로 나타날 것이다.

섣달 그믐날

한 해가 저물고 있다. 한 해의 마지막을 장식하는 세모의 풍경은 늘 분주하다. 저무는 해를 마감하는 손길과 발걸음이 부산한 것은 다가오는 새해를 맞이하는 마음가짐이라, 눈여겨보지 않더라도 짐작이 간다. 오늘은 섣달그믐이다. 섣달은 서웃달_설웃달에서 온 말이다. 한 달의 마지막 날인 그믐날과 어울리면 한 해의 마지막 날이 된다. 이날은 지나가는 해의 마지막이면서 새해의 시작을 알리는 날이다. 이날은 새벽닭이 울기 전까지 잠을 자서는 안 된다고 한다. 보내고 맞이하는 해의 자연스러운 연결을 의미한다.

설달 그믐날에 잠을 자면 계속 연결하여 새날을 맞이할 수 없다는 뜻에서 이루어진 풍습이다. 이를 수세守歲라 한다. 잠을 자지 않고 묵은해를 지키다 새해를 맞이하는 풍습은 육상의 계주경기를 연상시킨다. 앞서 달린 선수가 다음 선수에게 바통을 연결하여 계속 이어달리는 형식이다. 새롭게 시작하는 날과 이제 막 지나려는 해를 연결하는 연결고리가 설달 그믐날이다. 또 사람들은 그 연결고리를 기준으로 한 해를 정리하고 새해를 설계하면서 송구영신送舊迎新한다. 송구영신은 보내고 맞이한다는 단순한 뜻만이 아니다. 보낸다는 것은 기쁜 일이었든 불편한 일이었든 마음에서 밀어내고 잊는다는 뜻으로, 망년忘年이라고도 한다.

그보다 묵은해를 보낸다는 것은 마음을 비우라는 뜻이 강하다. 욕심을 버리고 이웃을 배려하는 마음으로 지난 일을 정리해 가면서 더불어 사는 지혜를 배우라는 의미이다. 우리의 선인들은 지혜로운 마음을 간직하고 있었다. 보내는 아쉬움을 새로 맞이하는 새해의 첫날을 '설'이라는 민족 최대 명절로 마련하여 즐겁고 희망이 넘치는 마음을 피어나게 하였다. 새해를 맞이한다는 것도 단순하지 않다. 새해라는 의미도 지금까지 겪어온 새로움이 아니다. 사람들은 늘 이상향을 꿈꾼다. 그러한 고향이 있든 없든 또 그러한 세상을 일생 동안 만나지 못한다고 하더라도 언젠가는 만날 수 있으리라는 바람을 마음에서 놓지 않는다. 맞이한다는 것은 선망이나 소망을 뛰어넘는 바람이다. 이러한 바람이 있어 사람들은 진취적인 기상을 간직한다.

사람들의 들뜬 마음과는 달리 바깥세상에는 한파가 몰려오고 있다. 구름이 가라앉은 하늘에는 억센 한파가 섣달그믐을 장식한다. 잎을 지운 나무들이 서리꽃 상고대를 하얗게 이고 바깥에서 추위에 떨고 있다. 엄동설한의 모양새를 뽐내는가 보다. 그러나 그것도 한때의 반짝 추위에 그치고 말 것 같다. 세계는 기상 이변으로 몸살을 앓고 있다. 범인은 엘니뇨라고 한다. 우리나라도 예외가 아닌 것 같다. 가뭄이 계속되어 건조한 날씨가 이어지면서 다른 해 같으면 눈이라도 펑펑 쏟아졌겠지만, 평년 기온을 웃도는 날이 많아 때로는 겨울비가 질척거리기도 한다. 모두가 엘니뇨 탓이란다.

　동지섣달 설한풍이라고 했던가. 섣달그믐이면 온 산야가 꽁
꽁 얼어붙어 모든 생물이 활동을 멈추고 따뜻한 봄을 그리워할
때이다. 우리나라는 사시사철 그 시절에 맞는 정취가 있다. 한
겨울이면 겨울다운 맛이 있어야 한다. 겨울이라고 하면 제일 먼
저 눈이 연상된다. 아직까지 눈다운 눈이 내리지 않는 것을 보
면 올해는 눈 구경을 못 하고 지낼지도 모르겠다. 계절도 현대
화되어 가는가 보다. 과거에는 절기에 따라 계절의 순환도 어김
없이 자기 자리를 찾았지만 지구 온난화에 따른 계절 감각도 무
디어지고 말았다. 모두의 가슴에는 아쉬움이 있겠지만 자연의
순리를 우리 인간이 탓할 수 있는 것은 아닌가 보다.

　섣달은 남의 달이라고 해서 조용히 마무리한다. 섣달 그믐날
은 한 해를 마감하고 결산하는 날이다. 그래서 모든 것을 깨끗
하게 정리한다. 밀린 빚이 있으면 이날 안에 갚아 넉넉한 마음
으로 새날을 맞이한다. 숟가락 하나라도 남의 집에서 설을 쇠
면 서러워 운다는 속설이 있어 빌리었던 연장이나 물건이 있으
면 모두 돌려주는 풍습이 있다. 한 해를 마감하는 마음들이 녹
아 있는 정경으로 우리는 이웃과 더불어 살아가며 지나가는 해

를 너그러운 마음으로 보내고 다가오는 새해를 성실한 마음으로 마중해야 하겠다.

●

　명절은 시간의 흐름 속에 나타나는 절기에 따라 이름 지어진 기념일로, 그 사회의 구성원이라면 누구나 기념하는 날이다. 우리의 명절은 농경사회를 중심축으로 하여 형성되고 발전해 왔다. 농사 절기와 깊은 관계를 맺으며 이루어져서 그런지, 정서적으로도 도시보다 농촌 풍경이 먼저 떠오르는 것은 명절이 지니는 뉘앙스nuance라고 하겠다.

　농사를 천직으로 알았던 때의 명절은 그해의 농사가 풍년들기를 비는 기원제의 성격을 띠었으며, 가정의 행운과 가족의 건강을 바라고 조상의 음덕에 감사하는 마음가짐으로 온 정성을 쏟았다. 우리나라를 비롯하여 중국과 일본을 연계하는 동아시아 권역에 속하는 대부분의 나라가 명절에 대해 이러한 맥락을 보인다.

서양의 여러 민족은 놀이 중심의 페스티벌festival을 행한다. 서양의 페스티벌은 축제 분위기를 형성하면서 아시아 권역에서 행해지는 명절의 성격을 대신한다. 브라질의 삼바 축제나 스페인의 투우鬪牛 경기 등은 놀이를 중심으로 사회 결속력과 응집력을 다지면서 사회의 무궁한 발전을 기도한다.

우리나라는 농경사회가 산업화와 도시화로 변하면서 삶의 터전이 도시로 바뀌며 인구의 이동이 뒤따르게 됐다. 자연스레 명절의 풍모도 변화에 맞추어 가고 있다. 명절은 점차 옛날의 멋을 잃어가는 양상이다. 우리가 가장 으뜸으로 여긴 명절은 설, 대보름, 단오, 추석이었다. 다음으로는 한식과 동지였으며 곁들여 유두, 칠석, 백중도 명절의 한 가닥을 이루었다. 세시풍속으로 이루어지던 명절도 시대의 변화에 따라 점차 쇠퇴하고, 단지

설과 추석만이 강하게 남아 있다.

명절이 그 의미를 잃자 걸맞게 행해지던 민속놀이도 슬그머
니 꼬리를 감췄다. 조상의 음덕에 감사하는 마음으로 지내는 차
례는 설, 추석을 제외하고는 우리의 삶에서 사라진 지 오래다.
차례는 후손들에게 공경심과 효심을 불러일으키는 의식으로써,
사회적 소속감과 연대감을 응집하는 기능을 지니며, 내적으로
는 가정의 우애와 화목을 목표로 한다. 명절을 맞으며 차례를
지낸다거나 웃어른을 공경하는 것은 효孝를 원천으로 하기 때문
이다.

우리는 남의 것은 앞뒤를 가리지 않고 부러워하면서 우리의
것은 박대하는 경향이 있다. 개인주의가 일반화된 서양은 우리
의 윤리 규범을 자신들의 생활철학으로 받아들이고 싶어 한다.

세시풍속에 따른 민속도 변화를 거듭한다. 개자추介子推의 고
사는 우리와 먼 이야기라 기억 저편에 묻어두더라도, 풍우風雨
가 심한 시기라 불을 금하여 찬밥을 먹던 한식, 창포로 머리를

감던 단오, 동쪽으로 흐르는 맑은 물에 머리를 감던 유두, 햇볕에 서책을 말리던 칠석, 조상에게 제를 올리던 백중제, 팥죽을 먹던 동지 등의 풍속은 사라지고 그 흔적만 남아 있다.

봄의 절기를 대표하는 설, 대보름과 여름 절기로 넘어가면서 맞이하는 단오와 결실의 계절을 알리는 추석 명절은 절기의 뜻 있는 마디로써, 그래도 아직은 건전하게 이어온다. 농사력으로 설은 새해의 첫날로, 세배와 성묘를 하고 떡국으로 만든 세찬과 세주歲酒를 마신다. 섣달그믐에는 수세라고 하여 집안을 정리하고 조상의 산소를 찾아 깨끗하게 청소하고 웃어른에게는 새해 첫날을 맞이하기 위한 묵은세배를 드렸다.

명절 때면 고향을 찾는 자녀들의 귀향 행렬로 요란했다. 그러나 신세대 풍속으로는 자녀가 고향을 찾기보다 부모가 도시에 나간 자녀를 찾아가 설을 쇠는 역귀성 경향이 두드러진다. 이웃인 중국은 설 명절을 춘절春節이라고 하여 한 달 가까이 보낸다고 하는데, 역시 역귀성이 유행이라고 한다. 자녀 여럿이 고향의 부모를 찾아가는 풍경은 사라지고 부모가 자녀를 찾아 도시로 이동하는 새로운 풍습이 생겼단다. 귀향차표 구하기에 어려움을 겪고, 휴가가 짧으면 돌아가서도 고생이므로 시골의 부모가 역귀성에 나서고 있다고 한다.

옛적에는 우리도 중국의 춘절에 비견되는 정월 대보름까지 긴 기간에 걸쳐 여러 가지 세시풍속을 즐겼다. 정월 대보름에 행해지던 민속으로는 오곡밥 먹기, 부럼 깨기, 귀밝이술 마시기, 보름밤 지키기, 더위팔기, 쥐불놀이, 보름달맞이 등이 있다. 좀 더 세밀하게 들여다보면 어렸을 때의 모습들이 한 폭의 민속화로 펼쳐진다.

보름 전날 밤에는 보름밤 지키기로 아이들에게 눈썹이 센다 하얗게 된다고 날밤을 새우게 했다. 그래도 자는 아이에게는 눈썹에 쌀가루나 밀가루를 몰래 발라 놓기도 했다. 보름날 아침에는 오래 산다는 뜻으로 오곡밥을 올리는 것이 대보름의 주된 밥상 차림새이다. 구색을 갖추려면 고사리, 시래기, 호박고지 등 묵은 나물을 곁들인다. 자기 집 약밥뿐만 아니라 여러 집의 약밥을 먹어야 좋다고 하여 이웃집에서 동냥밥을 얻기도 했다. 약밥을 먹은 뒤에는 맑은 술 한 잔씩을 마신다. 아이들에게도 조금 씩 마시게 했다. 귀가 밝아지고 눈이 잘 보인다는 술이다. 바로 귀밝이술이다. 이어서 더위팔기가 시작된다. 새벽잠을 깬 아이 들이 상대방을 불러 '내 더위 사라'고 외치면 여름에 더위를 피 할 수 있다는 민속이다. 보름날 저녁에 밤, 호두, 잣, 땅콩 같은 부럼을 딱 소리가 나도록 까서 먹고 깍지를 버리면 부스럼이 나 지 않고, 치아가 튼튼해져서 건강한 나날을 보낼 수 있다고 믿 었다. '부럼 깨기'라는 민속이다. 대보름날의 클라이맥스는 달맞 이다. 달이 뜨기 전 초저녁에 바닷가 또는 바다가 보이는 동산 에 올라 달맞이 준비를 한다. 숙연한 자세로 소망을 빈다. 또 달 의 빛깔이 붉으면 가뭄이 들어 흉년이고 허옇게 비추면 비가 많 이 내려 풍년이 든다고 했다.

쥐불놀이도 대보름에 하는 민속이다. 농사에 피해를 주는 해충 을 박멸하기 위하여 논이나 밭두렁의 잔디를 태우는 불놀이다. 그러나 쥐불놀이나 불놀이는 산불 예방을 위하여 지금은 사라 지고 없다. 보름 다음 날은 귀신날, 또는 귀신달기날이라고 하 여 액운을 막기 위해 예방 주술을 행하기도 한다. 대보름 민속

놀이는 풍년을 기원하기 위해 농점, 달점, 쥐불놀이를 하고 가
족의 건강을 챙기기 위해 약밥먹기, 귀밝이술 마시기, 더위팔
기, 부럼 깨기를 한다. 소망을 빌기 위해 달맞이를 하며 액운을 쫓
는 귀신날 행사로 이어지고 있다. 이러한 민속놀이도 역사에 묻히
고 지금은 달맞이와 부럼 깨기 정도가 명맥을 유지하고 있다.

　여름 절기의 명절로는 단오가 있다. 지역마다 차이가 있지만,
강릉 단오는 유네스코UNESCO에 무형문화재로 등록하여 성대하
게 치르고 있다. 대관령 국사성황을 모셔다가 굿당을 세우고 밤
낮으로 굿을 하는가 하면 관노가면官奴假面놀이를 시연試演하여
오히려 옛것을 살리고 있다. 단오의 세시풍속으로 남자는 씨름,
여자는 그네뛰기와 널뛰기 등이 보편적으로 행해졌으나 지금은
젊은이들에게서 밀려났으며, 단오장의 명물이라고 할 수 있는
난장亂場이 질서라는 명분에 밀려 사라졌다.

　추석은 황금빛으로 물든 들판을 보는 것만으로도 풍족함을
느끼는 명절이다. '더도 말고 덜도 말고 오늘만 같아라.'라고 하
는 것은 추석의 이미지를 형상화한 말이다.

명절과 민속놀이는 현대에 와서 젊은이들의 곁을 떠나 점차
사회 구성원들의 가슴에서 역사 속으로 밀려나고 있다. 명절은
우리의 삶이 숨 쉬는 절기의 리듬이다. 명절과 민속을 가슴에
묻지만 말고 창의적으로 다시 태어나게 하여 생동감 있게 활동
하는 모습이 되었으면 한다.

●
부
새
우
와　가
시
연

　부새우가 다시 반찬에 오를 수 있다는 소식이다. 밀려오는 토
사土砂를 치울 수 없어 농경지로 사용했던 경포호의 늪지를 복원
한 결과라고 한다. 내가 어렸을 때는 호수에 오지항아리 동이를
띄워 놓고 부새우를 뜨는 여인네의 모습을 흔히 볼 수 있었다.
부새우는 호수 위에 떠다니는 새우를 말한다. 민물에 사는 아주
작은 새우로, 잉어나 붕어의 먹잇감이 된다. 몸집이 작고 가벼
워서 물속에서 헤엄치거나 물밑으로 가라앉지 않고 물 위에 떠
다닌다. 호수 전체에 널리 퍼져 살아가는 것이 아니라 늪지를
구성하는 숲에서 호수와 늪지를 오가며 생활한다. 겨울에는 나

타나지 않다가 날씨가 풀려 따뜻해지면 호수 위로 떠오른다. 이를 여인네들이 뜰채로 떠다가 적당히 조리해서 반찬으로 하거나 시장에 내다 팔기도 했다.

부새우는 경포호수에 많아 강릉에서만 맛볼 수 있는 별미 반찬이다. 그런데 요즈음에는 흔하지 않아 시장에 나가 특별히 주문하지 않으면 구하는 데 어려움을 느낀다. 호수가 오염되어 부새우가 살아갈 수 있는 환경을 빼앗겼기 때문이다. 생활하수가 호수로 무분별하게 유입되고 있는가 하면, 아무렇게나 버리는 쓰레기는 맑기로 유명한 호수를 오염시켰기 때문이다. 도로 개설과 토사 유입으로 습지가 농경지로 변모되어 부새우가 살아가던 환경이 파괴되었고, 농부들의 비료와 농약 살포로 호수에까지 그 독성이 유입되었기 때문이다.

개발과 보호가 병행될 수 없음을 보여주고 있다. 인간은 자연의 순리를 거스르는 일을 반복하면서도 자신의 그러한 행동을 돌아볼 줄 모르고 반성하지 않는다. 자연은 그러한 인간을 탓하지 않았지만, 마하트마 간디가 그랬듯이 무저항 정신으로 인간에게 메시지를 보내고 있다. 살아갈 수 있는 환경을 빼앗으면 모습을 감추는 것이다. 다행히 자연을 본래의 모습으로 돌려놓는 일에 정성을 들여 힘쓴 결과, 사라졌던 부새우가 점차 돌아오고 있다. 우리는 부새우가 살 수 있도록 깨끗한 환경을 돌려주어야 할 의무가 있다. 간장으로 버무린 짭짤한 부새우를 밥에 비벼 먹을 때가 그립다. 부새우의 맛깔스러운 반찬이 입맛을 돋우던 옛날의 미각이 입안에서 맴돈다.

늦었지만 늦지 복원으로 한동안 우리 주위에서 사라졌던 가시연도 볼 수 있다고 한다. 50년 만의 일이다. 옛적에는 석호인 경포호수에 많은 가시연이 자생하고 있었다고 한다. 그때만 해도 여기저기 지천으로 자라고 있는 가시연에 대해 눈여겨보는 사람도 적었지만 멸종할 수도 있다는 생각은 하지 않았기에 아예 관심을 보이지 않았다. 그러다 가시연은 점차 그 모습을 감추어 마침내 멸종위기 2급 식물이 되었다.

가시연은 수생 식물로, 몸 전체에 가시가 나 있으며 열매나 잎에 뾰족한 가시가 있는 연이라 하여 가시연이라 이름 붙여졌다.

우리나라를 비롯한 아시아 국가들에 분포되어 있다고 한다. 우리나라 가시연은 연못이나 호수에 자생하는 곳이 더러 있지만, 경포호수의 가시연 습지에서 나는 것이 가장 유명하다. 잎은 넓고 타원형으로, 앞면은 주름이 있고 광택이 나며 뒷면은 자주색이다. 이곳 가시연은 60년대에 호수로 유입된 퇴적물로 인해 습지가 농경지로 변하면서 사라졌다가, 반세기 만에 빛을 보게 되었다. 생태 보존을 위해 경포 가시연 습지를 개발하는 과정에서, 그동안 생명력을 간직한 채 땅속에서 잠자고 있던 가시연이 발아한 것이다.

가시연은 한해살이 풀이어서 열매를 맺고 나면 그해에 잎과 줄기가 모두 말라 사라지고 씨앗은 물 위에 떠다니다가 가장 마땅한 조건을 갖춘 곳에 정착하여 발아할 시기를 기다린다. 가시연 씨앗은 매토종자埋土種子이다. 생명력을 간직한 채 땅속에서 휴면 상태로 있다가 최적의 조건에서 발아한다. 그것이 그다음 해가 되기도 하고, 10년, 20년을 지나기도 하며, 경포호의 가시연처럼 반세기라는 긴 시간의 여울목을 넘기도 한다. 반세기를 넘겨 발견되었다는 것도 자연이 인간에게 주는 보이지 않는 저

항이며 메시지이다. 자연을 박대하면 자연은 인간의 곁을 떠날
수 있다는, 무심하게 흘려버릴 수 없는 메시지이다.

  가시연은 한여름에 꽃을 피운다. 가시가 촘촘히 나 있는 꽃대
가 가시연의 넓은 잎을 뚫고 얼굴을 내민다. 보라색 꽃잎을 자
랑스레 펼치다가 열매를 맺는다. 간혹 자가수분自家受粉으로 꽃
을 피우지 않고 스스로 씨앗을 만들기도 한다. 모든 생물은 후
대를 위하여 자신을 희생하는 모정을 보인다. 은어가 모천회귀
母川回歸하여 자기가 태어난 곳에서 알을 낳고 일생을 마치면서
자신의 몸뚱이는 다른 물고기의 먹이가 되게 한다. 가시연도 후
대를 위하여 자신의 잎을 뚫고 나오는 꽃대로 자신의 일생을 마치
며 몸은 거름이 되도록 시든다. 가시연은 깊이가 깊지도 않고 얕
지도 않아 수중 생물이 살아가기에 가장 좋은 조건에서 자란다.
경포호는 예로부터 어진개라고 불렸다. 물의 깊이가 깊지도 않
고 얕지도 않아 호수의 성격이 착하고 어진 사람 같다고 해서
붙여진 이름이다. 어쩌면 가시연이 살아갈 수 있는 가장 좋은
조건을 갖추었다고 보겠다.

당국에서는 가시연이 살아갈 수 있는 서식 환경을 보호하기 위하여 천이遷移 억제 작업을 실시하였다. 먼저, 농경지로 사용되던 곳을 습지로 전환하였으며 다음으로 가시연 습지를 만들어 가시연을 보호하고 있다. 천이 억제 작업이란, 부들과 같이 키가 큰 식물은 베어 내고 그 뿌리도 캐어 내어 가시연 말고 다른 식물이 옮겨와서 자라는 환경을 억제하는 일을 말한다. 또한, 이곳을 생태 공원으로 만들어 가시연 습지뿐만 아니라 호수 주위의 늪지 조성과 관리에 힘쓰고 있다. 관광 자원으로도 활용한다. 가시연 습지의 샛강 양쪽에 줄을 연결해 갯배를 띄워 습지의 생태와 가시연꽃을 관찰할 수 있게 했다. 가시연꽃이 필 무렵이면 관광객으로 붐빈다. 가시연꽃은 잎을 뚫고 나온 긴 꽃대에서 사판화가 하나씩 핀다. 낮에는 피고 밤이 되면 오므린다. 같은 시기에 모습을 감춘 부새우뿐 아니라 가시연에 보내는 관심도 더했으면 한다.

경포호에서 사라졌던 부새우와 가시연이 모습을 찾는다는 반가운 소식을 접하면서도 한편으로는 걱정스러운 생각을 지울 수 없다. 훼손하는 데는 잠시의 시간이 걸릴 뿐이지만 복원하는 데는 훨씬 많은 시간이 있어야 하며, 모든 사람의 관심과 보호가 필요하다. 아무리 힘들여 복원했더라도 관심과 보호가 사라진다면 복원을 위해 기울였던 노력이 허사가 될 수 있다.

　이곳은 철새 도래지는 아니지만, 겨울철이면 고니가 몰려와 제 고향으로 이동할 때까지 노닌다. 푸르고 맑은 물에 하얀 고니가 빛의 조화를 이루어 지나는 사람이나 관광객에게 인기가 있다. 사람들은 고니를 백조라고 부르며 귀여운 모습을 가슴에 새긴다. 우리는 고니처럼 겉으로 보이는 데는 지나치다 싶게 신경을 쓰면서도 부새우나 가시연처럼 눈에 띄지 않는 부분은 아무렇지 않게 지나치는 경우가 많다. 봉사는 남에게 보인다거나 칭찬을 듣기 위하여 하는 것이 아니다. 마음에서 우러나오는 정신이 있어야 한다. 부새우와 가시연을 돌려놓은 환경 보호도 바로 이러한 정신에서 싹튼다.

삼생의 연 三生緣

까마득한 먼 날의 일이 오늘 갑자기 어제 일처럼 느껴지는 때가 있다. 어느 골목을 지나다 보면 생소한 골목 어귀인데도 언제인가 이곳을 지나 본 느낌을 받곤 한다. 아마 전생의 연緣으로 인해 이곳을 나도 모르게 지나 본 경험이 내 영혼 속에 잠재해 있다가 문득문득 깨어나는지도 모른다.

연이란 불교적인 색채가 짙은 말이다. 불교에서는 원인을 부추겨 결과를 낳게 하는 간접적인 원인을 말한다. 모든 사물은 이러한 연에 의하여 나타나기도 하고 없어지기도 한다. 그러나

보편적으로 우리는 전생과 이생, 그리고 후생, 즉 내세의 연분
을 연이라 생각한다. 이러한 연과 관계되는 세 여인을 만날 수
있었다.

처음으로 본 여인은 전생의 연에 끔찍이도 연연해하고 있었다.
오늘 자신의 모습이 전생에서 이미 가늠되었다는 것이 못내 아
쉽다는 것이다. 자신을 비극의 주인공으로 자리매김해 놓고 그
것을 전생의 연으로 탓하며 시공을 초월하여 넘나드는 마음을
이해할 수 없는 때가 많다.

그러나 여인은 사랑으로 자신의 액운을 때우려 했다. 그 마음
만큼은 순수했다. 순수했기에 전생의 연에 그토록 연연했다. 그
연을 따라 여인은 마냥 먼 곳으로 달려가기를 원하고 있었다.
한 번도 밟아 보지 못한 낯선 땅, 이국에서 느낄 수 있는 환상이
라든가 낭만적인 정취가 그리워서가 아니다. 다만 현실에서 벗
어나고 싶은 동경의 세계일 뿐이었지만, 그곳이 어쩌면 자신을
구원하는 길이라 생각하는 것 같았다. 전생의 연에서 벗어나려
하면서도 자신이 이생의 연을 또 하나 심고 있음을 깨닫지 못하
는 것 같았다. 사람들은 그렇게 전생의 연에서 벗어나려 발버둥

치면서 또 하나의 연을 이생에서 심으며 살아가고 있는 것이다.

 또 다른 여인은 이생의 연에 자신을 맡기고 낭만적인 삶을 그리워하는 사람이었다. 연이 운명적으로 맺어지는 인간 사이에서의 인연이라고 한다면, 그녀는 사람과 사람 사이에서 맺어지는 실타래를 풀지 못하고 있었다. 자신이 찾고 있는 연의 실마리를 남에게 탓하는 모습이었다. 때로는 자신이 사랑하고 그리워하는 대상이 뚜렷하지 못해 가슴을 태우곤 했다. 오직 이생의 연만을 사랑하는 여인이다. 그리고 애타게 이생의 사랑을 찾아 헤매는 낭만적인 여인이었다. 사랑은 원인과 이유가 없다. 마음이 다가서고 그리움이 밀려오면서 사랑하는 사람의 마음에 꽂히면 다리가 연결된다.

 사랑은 인간의 보편적인 정서이다. 그 속에 심취해 있을 때는 가늠하기 힘든 깊디깊은 못池으로, 깊은 수렁에서 헤어나지 못하는 때가 있다. 그러나 저만큼의 거리를 두고 자신의 모습을 바라보면, 그렇게 몰입되는 경지가 대견스럽기만 하다. 사람은 누구나 자신을 붙들고 통곡하고 싶을 때가 있다. 그것이 사랑의 여울목을 지날 때였다면 한결 정화된 슬픔이었으리라.

또 하나의 여인은 후생을 위해 기도하는 여인이었다. 그녀는
이생보다는 후생, 즉 내세를 위해서 기도를 올렸다. 신과의 대
화로 이생의 삶을 누린다. 신과 맺은 연은 절대적인 권위를 가
진다. 이생에서의 모든 일은 후생을 위해 존재한다고 여기며,
이생의 삶을 신의 노여움이 없는 세상으로 꾸미기를 즐겨한다.
그러나 이생에서는 확연한 대답을 얻지 못하나 보다. 그렇다고
하더라도 이 세상을 사는 사람들은 내일을 위해 기도를 드리며
밝은 내일을 위해 오늘의 삶을 이어간다. 심약한 사람들은 절대
자의 권위에 안주하기를 바란다. 미륵불의 현신을 위해, 예수의
부활을 위해 기도하는 모든 것이 내세를 위한 행위이다.

우리는 옷깃만 스쳐도 인연이란 말을 사용한다. 어떤 때는 연
이 닿지 않는다고 한다. 그것은 우리가 오랜 세월 불교에 심취
해 있었다는 뜻도 되지만, 세상살이는 사람과 사람이 부대끼며
살아간다는 뜻이 강하다. 사람이 서로 부대끼며 산다는 것은 서
로 연을 쌓으면서 산다는 의미로 해석된다. 우리의 삶에 나타나

는 희로애락이 자연과 인간 사이에서 벌어지는 갈등이 아니라 사람과 사람 사이에서 느끼고 겪는 갈등으로 빚어지는 미묘한 감정의 표상이라 말할 수 있다. 앞에서 말한 세 여인의 삶을 우리 모두 가슴에 품고 살아가는지도 모른다. 사람은 삼생의 연을 안고 살아간다고 하지 않는가. 전생의 연이 이생에서 꽃피울 수 없다면 다가올 세상에서 후광처럼 나타나지 않을는지.

●

세
상
에
서 　가
장 　아
름
다
운 　것

세상에서 가장 아름다운 것은 무엇이냐는 질문을 던진 모 방
송국이 있었다. 비싼 상품이 걸린 현상 응모였다. '수평선에서
떠오르는 태양, 청명한 가을 아침에 풀잎에 맺힌 이슬, 맑게 빛
나는 유리구슬' 등 수많은 대답이 있었다. 그러나 이러한 대답
은 표현을 어떻게 문학적으로, 또는 미학적으로 나타내는가 하
는 수사적 아름다움에 지나지 않는다.

수사적 아름다움은 아니지만, 천진한 모습에서 아름다움이
빛나는 정경을 주위에서 쉽게 발견할 수 있다. 유치원에 다니는

아이들이 종이에 낙서처럼 그리는 내용은 동그란 얼굴이다. 이들에게 이 세상에서 제일 아름다운 것을 그리라고 하면 대부분의 아이들이 동그란 모습의 얼굴을 그린다. 누구냐고 물으면 어머니의 얼굴이라고 대답한다. 어린이들에게 어머니의 얼굴은 이 세상에서 무엇보다 아름다운 모습으로 가슴에 담겨 있다.

영국에서 있었던 일이다. 교통사고로 실명한 청년이 좌절하여 삶의 의미조차 잃었던 때, 기쁜 소식이 전해진다. 눈을 기증하겠다는 독지가가 나타났던 것이다. 성공적으로 수술을 마치고 완치되어 눈에 감았던 붕대를 풀고 어머니를 바라보던 청년은 굵은 눈물을 주르륵 흘리고 말았다. 멀쩡하던 어머니의 한쪽 눈이 없어진 것이다. 눈을 기증한 독지가는 바로 어머니였던 것이다. 어머니는 한마디 더 붙였다. "두 눈을 다 주고 싶었지만 너에게 장님 몸뚱이가 짐이 될 것 같아서 차마 그렇게 할 수 없었다." 끝내 어머니는 말을 더 잇지 못했다. 이 청년의 가장 아름다운 대상은 어머니의 한쪽 눈이었다.

어느 겨울 설한풍이 몰아치던 날, 인적이 드문 고갯마루를 지

나던 여인이 눈 속에 파묻혀 동사하고 말았다. 여인의 시신을
수습하던 구급대원은 아연실색했다. 여인은 알몸이었다. 그런
데 품속에 갓난아기를 안고 있었던 것이다. 아기는 알몸뚱이 어
머니 품에서 곤히 잠이 들어 있었다. 여인은 아기를 살리려고
자기가 입고 있던 옷을 전부 벗어 아기를 감싸고 있었던 것이
다. 아기를 위한 어머니의 본능적인 희생은 위대하고 고귀한 정
신으로 승화된 사랑과 자비로움이 묻어나는 놀라움이 있다. 이
아기가 자라서 청년이 되어 자신의 내력을 인지한다면, 세상에
서 가장 아름다운 대상은 어머니의 따뜻한 가슴일 것이다.

  어머니는 위대하다. 자신을 희생하는 것은 당연한 일로 생각
한다. 어머니의 가슴에는 항상 따뜻함이 있고 인자한 품성에는
자비로움이 있다. 어머니의 품속은 넉넉함이 있고 푸근함이 있다.
언제 안기더라도 안정감을 준다. 어려움이 있거나 부족함이 있
더라도 어머니의 품속에서는 풍족함이 넘쳐 따뜻한 이야기를
남긴다. 자신을 위해서는 어떤 희생이라도 감수하며 그래도 부
족함이 있을까 노심초사 애를 태우는 어머니의 마음은 바로 성
스러움이다.

아기는 어머니의 품속에서 어머니의 심장 박동을 느끼며 자란다. 박동소리를 자장가 삼아 곤히 잠들곤 한다. 아기는 잠재적 인식으로 어머니의 심장 박동 소리를 어머니의 평화스러운 마음으로 느낀다. 아기가 자라면서 느끼는 대상은 어머니의 따뜻한 마음이다. 이 세상에서 가장 아름다운 것은 바로 어머니의 마음이다. 이 세상에서 제일 아름다운 모습은 넉넉한 웃음을 띠고 있는 어머니의 얼굴이다. 그것이 바로 어머니의 따뜻한 마음이다.

현대인들은 자신을 위한답시고 어머니의 따뜻한 품속을 외면하는 때가 많다. 어머니와 나를 따로 떼어놓고 자신의 이익만을 위하여 생활한다. 남이 모르는 선행을 베풀어 주위로부터 칭찬을 받기보다 어머니의 마음을 감싸 안는 너그러움이 아쉽다. 부모와 자식 사이에 틈이 생겨 서로 질시하는 경향까지 있어 매스컴의 질책을 받는 일이 허다하다. 부모 자식 사이의 틈새를 이어줄 사랑이 있어야 하겠다.

어머니는 언제나 기다리는 시간을 갖는다. 기다리면서 기도를 드린다. 자신을 위한 기도가 아니다. 자식의 건강과 행복을 위하여 기도한다. 어릴 때 세상에서 가장 아름다운 모습의 어머니의 얼굴을 그리듯이 어머니의 아름다운 마음을 간직하며 살아가야 한다. 어머니의 심장 박동 소리에 곤히 잠들 듯이 어머니의 따뜻한 마음을 읽는 사랑을 깨우쳐야 한다.

●
님하, 이 물을 건너지 마오

인간은 가슴에 사랑을 품고, 마음에는 아름 넘치게 정을 간직하며 정서적 감정을 다독이면서 살아간다. 맹자는 성선설에서 사람의 본성은 착하다고 했다. 착한 품성에서는 정과 사랑이 흐른다. 따뜻하게 마음으로 전해오는 정은 기쁘고 즐거운 정감으로 나타나지만, 슬프고 미워하는 감정도 일상생활을 지배한다. 서사적 감정은 이야기로 전하였고, 정서적 감정은 서정적으로 노래했다. 서정적으로 노래하는 것도 그 속에 간직된 이야기는 서사적이다. 서정적으로 노래한다고 하지만 정과 사랑은 모습이 없다. 이들의 이미지는 형상화되어야 감동을 준다. 이런 이미지는 시적 표현에서 얻을 때가 많다.

　공무도하가公無渡河歌는 우리나라 최초의 개인 서정시로, 사랑
의 이미지를 '물'로 형상화하고 있다. '님하 이 강을 건너지 마
오'는 이 노래의 첫 구절이다. 강을 건너는 남편을 만류하는 아
내의 애절하고 정감 어린 사랑이, 기어이 물을 건너는 남편에게
서 단절되는 사랑의 이미지로 형상화되어 나타난다. 아내의 절
규에도 끝내 강을 건너다가 물에 휩쓸려 죽는다는 결말은 슬픔
과 탄식이 어우러진 끝맺음이다. 끝내 돌아오지 못할 강을 건너
고 말았다고 흔히 말한다. 이 노래에서는 단절되는 사랑을 뜻한다.
강이나 물은 사랑을 형상화하여 나타내는 이미지에 해당한다.
이 시에 나타난 정서는, 아내의 애원과 초조한 심경이 간곡하고
애절한 이미지로 저미다가, 끝내는 비애와 탄식으로 형상화되
면서 민족의 한을 승화시킨다.

　정이 오고 가는 마음과 마음에는 사랑이 싹을 틔운다. 아름다
운 마음을 간직하면 자연스럽게 사랑을 느낀다. 그러나 아름다
운 마음을 가진 사람을 만나기가 쉽지 않다. 현대인들은 마음속

에 사람의 향내와 인간미 넘치는 정을 간직하고 있지만, 때로는 스스로 사랑으로 점철되는 강을 만들고 있다.

백년해로라는 말이 있다. 천수를 다하며 정과 사랑을 나누면서 아름다운 삶을 이어간다는 뜻이다. 구순을 넘겼는데도 정겹게 사는 노부부를 만났다. 오랜 세월 사랑을 나누며 살아온 비결이 무엇이냐는 덕담을 넌지시 던졌다. '사랑은 무슨 껍데기 같은 사랑이야. 정이지! 우리가 언제 사랑을 알았는감.' 이들 부부에게는 정과 사랑이 따로 분리되어 나타난 것이 아니라, 정이 곧 사랑이라는 개념이었다. 이들은 사랑한다는 말은 안 해도 사랑하는 마음은 보여줄 수 있었던 것이다. 서로를 보살피고 아끼며 정을 나누는 삶이 사랑의 모습이다. 한세상 사랑을 가슴속에 간직하고 살아온 사람이 있다. 정과 사랑이 함께 자라면서 서로를 넘나들다 사랑이란 이름으로 지나온 세월이 만든 삶이다.

세월이라는 이름에 잠깐씩 버티고 있는 시간을 가늘게 늘리면서 기다림을 축적해온 사람들의 사랑이 무한한 그리움으로 남는다. 그리움과 기다림에 지쳐 스스로 큰 강을 마음속에 세

워놓고 그 강을 건너는 사람도 간혹 볼 수 있다. 그러면서 언제인
가는 베르디의 축배의 노래가 웅장하게 울릴 것이라고 다짐한다.
'공무도하가'에서는 강을 건너는 남편을 보고 사랑의 단절감을
공후箜篌라는 악기로 슬픈 곡조에 담아 '님하, 이 강을 건너지
마오.'라고 노래로 형상화하여 애절한 마음을 표현했다. 베르디
의 축배의 노래가 웅장하게 울릴 것이라는 확신은 아래엔, 비록
강을 건너고 사라진 임이라도 언제인가는 돌아올 것이라는 믿
음이 있다. 그러한 믿음은 축배의 노래를 기다리는 사람의 정이
어우러져 웅장하게 울릴 것이다.

　사람들은 더불어 살아간다. 이웃과는 돈독한 정을 나누면서
가족처럼 지내기도 하지만 때로는 사랑을 나누며 살아가기도
한다. 법정스님이 말했다. 삶은 놀라운 신비요 아름다움이라고.
아름다움이 있는 곳에 정과 사랑이 흐른다. 우리의 삶이 아름답
다는 것은 사랑과 정이 마음속에 흐르고 있기 때문이다. 사랑이
삶을 아름답게 하고 정은 삶을 따뜻하게 품어주지만 사랑한다
는 말은 아껴 두라. 사랑의 단절감을 느끼게 하는 강을 건너는
사람이 있을까 두려움이 앞선다. '님하! 이 강을 건너지 마오'라

는 애절한 노래가 아닌, 아름다운 인생을 노래하는 사랑과 정이 흐르는 멜로디에 베르디의 축배의 노래가 웅장하게 울리는 영광의 노래가 그립다.

●

영혼이 깨끗한 눈 靈魂

　　어린이들의 눈빛에는 거짓이 없고, 두려움이 없다. 그들의 눈빛에는 맑고 총명함이 있어 아름다운 세상이 환하게 빛나고 있다. 티 없이 맑은 눈빛은 오직 진실 하나만을 간직한다. 어린이들을 순진무구하다고 한다. 참되고 순수한 마음에는 맑음이 있어 천진난만하다고도 한다. 깊은 계곡에서 흐르는 물은 맑고 청정하여 바닥에 깔린 모래알까지 헤아릴 정도이다. 세상 물정에 물들지 않은 어린이들의 눈빛은 청정한 물빛이다. 맑고 총명한 눈빛은 순수하고, 진실하고, 때 묻지 않은 자연 그대로의 모습이다.

지혜로운 눈을 혜안慧眼이라고 한다. 사람의 때가 묻지 않아 사물을 꿰뚫어 보는 눈을 말한다. 맑은 생각, 맑은 마음으로 세상을 바라볼 수 있는 눈이다. 사람들은 세상일에 젖어 생각이 맑을 수 없다. 생각이 맑지 못하면 올곧게 세상을 바라볼 수 없다. 불가에서는 모든 차별과 망집妄執을 버리고 진리를 통찰하는 눈으로 세상을 바라봄이 올곧음이라 했다. 맑은 생각, 맑은 마음을 가져야 세상을 올곧게 바라볼 수 있다. 세상은 우리가 어떤 마음의 눈으로 바라보느냐에 따라 아름답게 다가설 수도 있고 추한 모습으로도 비칠 수도 있다.

나이 든 세대는 맑은 눈의 오드리 헵번Audrey Hepburn을 기억할 것이다. 젊었을 때는 세상의 모든 젊은이들의 연인이었던 그녀가 말년에는 유니세프 친선대사로 가난한 나라에서 죽어가는 어린이들을 위하여 헌신했다. 죽음이 가까이 다가오자 그녀는 자식들에게 낮은 목소리로 유언처럼 한 편의 시를 남긴다. 노래와 같은 그녀의 시의 한 가락을 들어 보자.

"아름다운 입술을 원하거든 친절하게 말을 하고 사랑스런 눈을 갖고 싶으면 사람들에게서 좋은 점을 찾아보아라."

　사랑스런 세상을 원하거든, 사랑스러운 마음과 눈으로 세상을 아름답게 마음에 새겨 두어야 한다. 세상은 사람의 마음에 달려 있다. 세상은 우리가 살아갈 만한 가치를 넉넉하게 간직하면서 우리의 마음을 풍요롭게 다듬어 주기도 한다. 사람은 누구나 아름다운 세상을 원하며, 행복한 삶을 기도하면서 사랑으로 가득한 이웃을 원한다.

　사람들은 진리가 있는 아름다운 세상을 원한다. 아름다운 세상은 사람들이 간직하고 있는 사랑으로 이루어지며, 이것은 삶의 최고의 덕목이자 행복한 삶을 위한 길이라고 하겠다. 인류는 인간이 인간답게 살아갈 수 있는 길을 열기 위하여 종교를 창시했다. 어떤 종교든 그 속에는 사람이 살아가는 지혜를 담고 있다. 사람들이 종교를 믿는 이유의 하나는 지혜롭게 살아가기 위해서이다.

　사람의 눈에 비치는 세상은 그 사람의 마음에 달려 있다. 마음에 약간의 변화만 주어도 주변의 모든 것이 달리 보일 수 있다. 아름다운 세상을 위해서 아름다운 마음을 간직하면 된다. 맑고 순수한 마음으로 바라보면 아름다운 세상이 펼쳐질 것이며, 욕심과 망집에 사로잡혀 세상을 바라보면 추한 모습으로 세상이 다가설 것이다. 지혜로운 사람의 눈은 사랑을 담는다. 그리고 사랑하는 사람의 눈은 가슴에 행복을 간직한다. 행복한 삶을 위하여 사랑하는 법을 배워야 하며, 매일 최선을 다하는 정신으로 나를 사랑하고 이웃을 사랑하고 인류를 사랑하는 눈을 키워야 한다.

맑은 눈은 어린이만 가지고 있는 것이 아니다. 영혼이 깨끗한 사람은 마음도 깨끗하고, 새벽녘 풀잎에 맺히는 이슬을 머금은 듯 영롱한 눈을 지니게 된다. 맑고 영롱한 눈은 세상을 통찰할 수 있는 지혜의 눈이다. 어머니가 어린 아들을 바라보는 눈에는 사랑이 듬뿍 담겨 있다. 그 눈에 사회를 바라보는 통찰이 없다 손 치더라도 인자한 사랑의 눈이 있다.

맑은 생각에는 순수함이 있다. 참되고 올곧음이 진실이라면, 순수함과 참됨은 진리의 모습이다. 진리를 통찰할 수 있는 눈을 혜안이라고 한다. 깨끗한 영혼은 누구나 지닐 수 있는 것이 아

니다. 진실과 순수함이 있어야 하고, 자신을 통찰할 수 있는 맑
은 영혼이 마음에 잠재해야 한다. 어린이의 눈빛이 맑다는 것은
그 마음이 거짓이 없다는 이야기이다. 오늘날 사람들은 눈빛에
맑음이 없다. 세상을 통찰할 수 있는 진실이 없다. 모두가 한마
음이 되어 세상을 바라보는 눈에 맑음과 진실이 빛나는 혜안을
간직해야 되겠다.

꿈을 먹고 자라는 아이

꿈은 사랑을 찾아가는 징검다리이다. 사람은 살아가면서 가슴
에는 꿈을 심고, 마음으로는 사랑을 가꾸면서 내일을 맞이한다.
아이들은 많은 꿈을 간직하며 살아간다. 아이들에게 꿈이 없다
면 내일이 없다. 그래서 아이들은 꿈을 먹고 살아간다.

꿈이 없는 아이들은 사랑을 모른다. 사랑은 무한한 매력을 모
든 사람에게 베풀며 다가오기를 기다린다. 그러나 때로 아이들
은 그것이 사랑이란 걸 깨닫지 못하고 무심히 지나친다. 아이들
이 가장 먼저 꿈꾸는 대상은 어머니의 사랑이다. 이성적으로 판

단하는 세상살이를 배우는 모든 과정이 어머니의 사랑에서 출
발한다.

아이들은 욕심이 없고 마음이 맑다. 티 없이 맑은 마음을 순진
무구하다고 한다. 세상살이의 때가 묻지 않았다는 이야기이다.
아이들은 수많은 꿈을 꾸면서 자란다. 꿈속에 사랑이 없으면 허
망하거나 순수함을 잃어버린 세상살이부터 배우게 된다.

징검다리를 건넌 꿈은 결국은 사랑의 품에서 행복을 지향한다.
행복은 우리 모두의 꿈으로 되살아난다. 꿈이 있는 사람은 힘든
현실에서도 사랑을 느끼며 행복한 삶을 이어가지만, 꿈이 없는
사람은 아무리 좋은 환경에서도 사랑을 느낄 수 없다. 아이들의
꿈에는 사랑이 있다고 했다. 그 사랑은 늘 행복을 지향하는 징
검다리 역할을 한다. 우리 인간은 누구나 행복한 삶을 바란다.
행복은 먼 곳에 있지도 않고, 다가오는 미래에 있지도 않다. 돈
으로 살 수 있는 것도 아니고, 다른 사람의 행복을 가져올 수도
없다. 진정한 행복은 오직 내 마음속에 간직한 사랑에서 싹을
틔우고 내일을 기약한다. 사랑에서 싹트는 행복은 물질적 풍요

가 아니라 만족할 줄 아는 마음에서 생긴다. 순수하고 맑은 사랑은 아이들의 마음에서 보듯이, 거짓이 없고 욕심이 없는 아름다움이 꽃을 피운다.

중국의 사상가 회남자淮南子는 행복은 자기 마음에서 싹튼다고 했다. 그렇다. 모든 것은 자신의 마음에서 시작된다. 아름다움이 늘 가슴과 마음을 지배하면 세상 모든 일이 맑고 순수한 정서로 평정된다. 아이들의 마음에는 늘 행복을 지향하는 정신이 지배한다. 그들은 앞의 세대를 이어받아 왔고 앞으로 다가오는 세대에게 물려 줄 정신적 유산을 다듬으면서 오늘을 살아간다. 누구나 삶의 지나온 흔적이 아프고 힘들고 고통이 있다고 하지만 그 고통이 없었다면 인생의 향기는 없을 것이다. 마음속에서 언제나 음악이 흐르고, 아름다운 언어가 흘러나오면 행복은 우리 곁에서 맑은 미소로 화답할 것이다.

아이들은 꿈을 먹고 자라면서 어머니의 사랑을 더불어 간직하며 웃음과 아름다움이 있는 행복을 배운다. 아이들의 꿈은 시간과 씨름하며 더 높은 곳으로 내닫는다. 이를 청운靑雲의 꿈이라 한다. 청운의 꿈은 젊은이들이 바라는 원대한 포부이다. 이것은 아이들이 먹고 자라는 꿈에서 싹을 틔운다. 푸른 구름은 비를 머금은 어두운 구름이나 파란 하늘에 온갖 모양을 그리는 평범한 구름보다 하늘 가까이 높이 떠 있어 고고함을 지닌다.

   우리의 선인들은, 특히 사대부들은 피나는 노력으로 얻어지는 관직에 오르는 행운을 청운의 꿈에 비유했다. 오늘날 세계는 하나의 지구촌 가족으로 발전해 간다. 청운의 꿈도 지난날의 상징성에서 벗어나야 한다. 젊은 날에 누구나 한 번쯤은 품는 원대한 포부라고 하는 것이 올바른 견해라고 하겠다. 젊은이들이 품는 원대한 포부는 하루아침에 갑자기 나타나는 것이 아니다. 어린이들이 먹고 자라는 꿈에서부터 시작된다. 어릴 적부터 간직하여 오는 꿈은 나름대로 자신이 지향하는 이상이다. 우리가 사는 세상을 아름답게 꾸며줄 수 있는 꿈이 있는 세상이다. 절대적인 이상이 아닌 우리의 노력으로 이루어질 수 있는 상대적 이상으로, 인간이 꿈꾸는 세계는 아름다운 소리에 행복에 겨운 미소를 보내주는 곳이어야 한다.

이상향이라 표현할 수 있을 것이다. 어린이들의 동화 같은 세계에서 만날 수 있다. 동화의 세계는 꿈이 있다. 현실 세계와는 동떨어진 꿈의 세계라 하더라도 어린이들이 꿈꾸는 세계로 항상 사랑이 흐르는, 맑고 순수하고 아름다운 언어가 있는 세계이다.

●
정
화
수
와
치
성
대

井
華
水

맑은 새벽 공기를 마시며 정갈하고 깨끗한 샘물을 길어다 뒤
뜰 장독대가 아니면 정성스레 마련한 치성대致誠臺 위에 올려놓
고 치성을 드리는 어머니의 모습을 보곤 하는 것이 내가 보낸
어린 시절이었다. 누구도 범접하지 않은 맑은 샘물 한 그릇을
떠놓고 절대자인 신령님께 조용히 가족의 안녕을 비는 어머니
의 마음에는 오직 맑음과 정갈함만이 가득하다. 깨끗하게 단장
한 몸과 마음에 누累가 될세라 이웃집 기색을 살피며 받아오는
정화수이다. 몸도 마음도 정화된 맑음이라 가다가 이웃을 만나
면 부정을 탔다고 돌아서기 일쑤이다. 다시 몸을 정갈하게 하고

정화수를 뜨려고 샘터로 향하는 어머니의 모습에서 가족의 안녕과 축복을 기도하는 성스러움을 느끼기도 했다.

신기한 광경이라 어린 마음에 구경 삼아 참견이라도 하려고 하면 불호령이다. 감히 부정 타게 어디에 나타나는 것이냐는 호령이었다. 가까이 오지도 못하게 하는 것은 방문을 닫고 숨죽이고 있으라는 것이다.

정화수도 신성시했지만, 신령님께 비는 행위도 신성시하는 행위였다. 그래서 신령님에게 비는 치성에는 부정이 범접해서는 안 된다. 오직 정갈함이 있을 뿐이다. 새벽의 맑음, 정화수의 맑음에 절대자에게 비는 맑음이 삼위일체를 이루어야 한다. 정화수를 마주하고 서면, 정화수 자체가 신령님이 된다. 맑은 마음과 몸으로 가족의 안녕을 빈다. 바로 신령님과 대화가 이루어지는 광경이다.

현대에 와서 무속신앙이라고 천대를 받아오지만, 어머니의 치성은 다른 무엇과도 바꿀 수 없는 믿음 그 자체였다. 우리의 오랜 생활이 반영된 민속의 한 영역에 속한다고 할 수 있다. 정화수는 맑음의 상징으로, 정안수라고도 하며 신령과 인간의 교감을 가능하게 하는 기능을 띠기도 한다. 기독교에서 볼 수 있는 세례^{또는 영세}하는 물과 같은 관념이 담겨 있다. 샘터나 우물에서 정안수를 받아오면 치성대에 정갈하게 올려놓고 정성을 들여 기도한다. 가족의 건강을 빌기도 하며 축복이 내리기를 빈다. 자신의 건강과 축복은 언제나 뒤로 미룬다. 가족 중에 누군가 병을 앓고 있다면 신령님의 도움으로 하루속히 완쾌하기를 빌기도 한다. 절대자인 신령님은 이 모든 것을 관장하므로 기도하는 사람의 정성이 함께하여야 한다.

정화수는 맑음이 있어 절대자의 마음에 들어 기도하는 사람과 대화가 이루어진다. 정화수의 맑음과 기도자의 정성은 정화수 기도의 두 기둥이다. 기도하는 사람이 이를 지키지 않으면 소원 성취를 이룰 수 없다. 바다와 가까운 이곳에서는 바닷사람들이 하듯 바람의 신^{풍신風神}을 위해 기도를 올려야 한다. 바닷사람들은 안전한 뱃길을 위해 바람을 잠재우려는 뜻에서 정화수를 떠놓고 빌지만, 이곳은 그래도 내륙이라 뱃길의 안전보다는 바람을 잘 다스려 농사가 풍년 들기를 바라며 기도한다.

　매년 설을 지내고 삼월 삼짇날까지 이른 새벽에 정화수를 받아와 정성을 다하여 바람의 신에게 안녕을 빈다. 기도 기간이 오래라고 해서 대충 지내서는 안 된다. 신의 노여움이 가족의 안녕에 해를 끼쳐서는 안 되기 때문이다. 우리의 어머니들은 정화수 한 그릇을 마련하는 데도 정갈한 마음과 맑음을 돌보이려고 정성을 쏟았다. 정안수를 마주하는 어머니의 마음에는 무한한 사랑이 잠재해 있다. 가족의 안녕을 비는 마음, 가족의 행복을 기원하는 마음에는 어떠한 부정한 생각도 낄 수 없다. 깨끗하고 맑은 마음으로 정화수를 마주하는 우리네 어머니들은 자신의 건강과 안녕, 그리고 축복을 위해 기도하고 기원하는 행위는 하지 않는다. 가족이 우선이고 자신은 늘 뒷전이다.

　정화수는 가족의 안녕과 축복이 우선이다. 가족의 행복이 곧 자신의 행복이다. 그 속에는 항상 넉넉한 마음, 풍요로운 마음이 있으며 정갈하고 맑음이 선도하는 믿음이 있을 뿐이다. 정화수의 세계란 신비스러운 세계가 이끄는 꿈에서나 볼 수 있는 무

룽도원이 아니라, 사람과 사람들이 부대끼며 서로 사랑을 나누
는 우리의 일상이 살아 숨 쉬는 세계이다. 정화수의 세계는 맑
음이 있고 정갈한 어머니의 손길이 늘 우리를 지켜주는 세상살
이이다.

지장보살 地藏菩薩

지장보살, 지장보살, 지장보살….

조상 천도를 비는 백중제(白中祭)의 스님 염불이 고요한 산사를 울린다. 무성하던 속인들의 환성이 스님의 목탁소리에 묻히면서 산사에서는 스님의 지장보살을 외는 염불만이 골짝을 메우고 있다. 지장보살의 영험한 손길이 청정한 산 기운에 스미어 내리는 듯하다. 한없이 서늘한 산 기운은 가슴을 저미고 있다. 지장보살은 육도중생을 다스리는 임무를 띠고 앞으로 나타날 부처인 미륵불을 기다리고 있다고 한다. 현세불인 석가가 입적한 뒤, 아직도 부처는 나타나지 않고 있다. 미륵불이 나타나지 않아 부처가 없는 지금은 지장보살의 세계이다.

　지장보살의 영험을 스님의 목탁에 의지하며 조상을 한없이
그리워하는 중생들의 나약한 모습이 풍광처럼 다가온다. 나는
오늘 스님의 지장보살을 외는 염불 소리가 정선 아리랑으로 윤
색되어 가슴에 묻힌다. 한을 숙명처럼 안고 사는 우리네 민초들
의 정서가 마음속에 녹아 정선 아리랑으로 구현되는 것은 아닐
는지.

　오늘은 백중날이다. 백중은 농경사회에서는 명절 중의 하나
로 손꼽혔다. 백중에는 온갖 음식을 차려놓고 조상의 은덕을 기
리며 조상의 극락왕생을 기원하는 제사를 지내기도 하고 불심
에 의탁하여 조상 천도를 빌기도 한다. 어버이날에 어머니를 여
읜 나는 백중맞이를 위하여 오늘 산사를 찾았다. 어버이날을 기
념하기 위해 할머니께 달아 주겠다며 손녀들이 준비해 온 카네
이션을 끝내 달아 보지도 못하고 어머니는 83세를 일기로 세상
일에 손을 놓으셨다. 임종만이라도 지키겠다고 다짐한 아들의
마음을 뒤로하고 숨을 거두셨다. 아버지에 이어 어머니마저 말

한마디 건네지 못하고 아쉽고 절절한 마음을 간직하는 이별이었다.

그 어머니를 위하여 오늘 백중맞이 제를 올리려 산사를 찾았다. 옛날 같으면 부모의 거상을 적어도 3년간 입었으나 요즈음은 돌아가신 분보다 자신의 편의를 위해 살아가는 세대라 나도 삼우제를 지내고 탈상하고 말았다. 적어도 49제라도 지내는 것이 도리가 아니겠냐는 주위의 권고도 있었지만, 마음에서 우러나오는 참다운 효도를 못 할 바에는 아예 거상을 벗는 것이 자신을 속박하는 어리석음을 면할 것 같았다.

그런데 오늘이 어머니가 가신 후 첫 백중날이다. 백중맞이를 빗대어 그동안의 불효를 씻을 수는 없을 테다. 그러나 이렇게라도 하지 않으면 평생 죄책감에 사로잡혀 헤어나지 못할 것 같아 산사를 찾았다. 지장보살을 외는 스님의 염불이 가슴을 저미듯 스며들고 있는 때에 하늘에는 구름이 무심치 않았다. 청명한 하늘을 온갖 형상으로 수놓는 구름 잔치에 돌아가신 어머니의 얼굴이 언제부터인가 피었다가 사라지곤 하였다. 지장보살의 세계로 천도하는 것일까.

　나의 어머니는 정이 많은 분이셨다. 자식에 대한 무한한 정
은 맹목적이었다. 어느 부모나 자식에 대한 사랑은 무량하겠지
만, 나의 어머니는 자식 사랑이 믿음 그 자체였다. 그것이 자식
이 홀로 서게 하는 데 장애가 되는 것도 아랑곳하지 않았다. 무
한한 사랑, 그것이 당신의 삶 자체였다.

　산사라 그런지 한 줄기 바람이 서늘함을 안겨 준다. 이제 백
중맞이도 절정에 달한 것 같다. 스님의 지장보살을 외는 소리가
가락을 높이며 조상 천도의 길을 안내하는 것 같다. 속인들은 방
바닥에 머리를 맞대며 간절히 그리고 애절하게 기원하고 있다. 살
아생전에 못다 한 효심을 지장보살의 영험한 지혜로 갚아가는
듯하다.

　지장보살, 지장보살, 지장보살…. 나도 언제부터인가 입속으
로 지장보살을 찾고 있다. 어쩌면 그래야만 할 것 같은 분위기
가 가슴으로 엄습해 온다. 그리고 어머니의 숨결이 따스하게 전

해 온다. 어머니는 돌아가신 것이 아니다. 언제까지나 내 마음
속에서 살아 숨 쉬며 지극한 사랑으로 나를 지켜 줄 것이다.

또 한 줄기 바람이 서늘하게 등줄기를 적신다. 산뜻하다고 느
끼는 순간 몽롱하게 꿈속 같은 사념의 세계에서 꿈을 깨듯 현실
로 돌아온다. 현실 세계는 무상하다고 하던가. 이제 그러한 모
든 일이 그리움으로 남아 새로운 삶의 터전을 마련하겠지. 풍수
지탄을 이제야 깨닫는다고 하면 너무나 무심한 말만 같아 마음
속에 묻어두기로 한다. 오늘은 그러한 어머니에게 마음을 두지
못했던 지난날들을 자신에게 꾸짖으면서 어머니의 천도를 빈다.
지장보살, 지장보살, 지장보살….

●
추
억
을

사
르
며

　지나온 일들이 새삼 떠오르며 아득히 먼 곳으로 시간여행을
떠날 때가 있다. 자취를 감추었던 일들이 슬그머니 머리를 내밀
기도 하지만, 아예 꼬리조차 가늠하기 힘들어진 모습이 하나둘
이 아닌 시간여행이다. 주위를 정리하다 보면 까맣게 잊었던 일
들이 또렷한 모습으로 얼굴을 내밀기도 한다. 어제 일도 잊히기
일쑤인데, 이럴 때면 먼 날의 기억들이 지금 겪고 있는 일처럼
시간여행에 동행한다. 지나온 일들은 추억이라는 너울을 쓰고
오늘에 겪는 일보다 미화되는 경우가 많다. 오늘의 생활이 어려
울수록 추억은 더 아름답게 피어나는 법이다.

사람은 추억을 먹고 산다는 말이 있다. 아름다운 이야기가 간직된 추억일수록 사람들은 소중히 지니려고 노력한다. 지나간 일은 저마다의 가슴에 아로새겨진 기록이면서 자신의 역사로써, 우리는 추억이라는 이름으로 가슴에 고이 간직하며 살아가고 있다.

　세월은 나이를 앞지르며 내밀하게 감추었던 시간을 들추면서 젊음과 낭만과 사랑이 눈에 밟히는 곳으로 이끌어낸다. 시간은 반세기의 세월을 훌쩍 넘긴다. 지금까지 소중하게 간직하였던 사진첩에 새겨진 세월이다. 사진 속에는 추억으로 가는 시간이 가지런히 자리하고 있다. 아름답게 피어나는 것들도 있고 누렇게 변색되어 지금은 기억조차 하기 힘든 장면도 기다리고 있다. 변색된 사진들을 보면서 그 속에 어떤 의미가 있었는지 기억을 더듬어 보지만 마음만 앞설 뿐 흩어진 기억들은 하나로 엮이지 않는다. 아마도 칼바람을 맞으며 서 있던 월정사에서의 앳된 모습이 사진 속에서 그림자로 남아 있으며, 설악산에 등정하던 모습도 희미하게 가슴에 와 닿으며 옛적의 기억을 되살린다.

　그때쯤에는 소중하여 오래도록 간직하리라 여겼던 일이었겠
으나 지금은 무엇으로 추억 만들기에 열심이었는지 가늠이 되
지 않는다. 흘러간 시간을 되돌려 파노라마처럼 내 생의 추억으
로 하나하나 이야기를 엮는다. 아마도 그 속에는 발랄한 삶이
있었고, 순수함과 진실한 가슴이 있었고, 정과 사랑이 살아 숨
쉬는 영혼이 있었다고 추억하며 자신을 위로해 본다.

　낭만적인 삶이 있는 곳에는 늘 정이 따른다. 우리 민족은 정
도 많고 한恨도 많은 감성적인 면을 간직하고 있다. 낭만적인 삶
은 정이 있는 생활이었고 정과 사랑이 공존하는 세계가 아름답
게 펼쳐지는 가슴에는 행복한 웃음이 함께하였다. 나의 낭만의
계절도 젊음과 함께했던 곳곳에서 어우러진다. 감성과 이성이
넘나들던 시절이다. 영롱한 아침이슬처럼 아름다움에 젖었던
시절이다. 지나온 먼 날의 기억들이 머릿속에서 정화되면서 좋
지 않았던 기억은 소거되고 좋았던 기억은 남아서 추억이라는
이름으로 남는다.

　한편 사진 속에는 이국적인 장면들이 현실처럼 다가와 가슴

에 꽂히는, 아련한 기억들이 여기저기에서 꿈틀대고 있다. 내가 근무했던 학교는 정과 꿈이 흐르는 곳이었다. 휴식 시간이면 교정에 음악이 흐르고 웃음꽃이 피던 곳이었다. 아직은 세파에 물들지 않은 학생들이 끼리끼리 모여 담소를 나누며 꿈과 낭만을 기리던 모습과 맑은 얼굴이 선하다. 깨끗한 우정을 사진 속에서나마 간직하려 했고, 때 묻지 않은 추억으로 꿈 많은 시절을 보내던 곳이었다. 나는 자신의 정체성도 확립하지 못한 젊은 나이에 교직에 몸담았다. 그 길이 나의 천직이 되리라고는 스스로도 인지하지 못하고 언제인가는 내가 바라는 곳에서 자신이 바라는 일을 하리라 막연히 생각했었다.

우리는 살아오면서 추억 만들기에는 열심이지만 그것을 가슴 깊이 간직하는 슬기를 배우지 못했다. 비록 잊히기를 바라는 지나간 일들이라 하더라도 그 속에는 아름다움이 있고 인생의 지혜가 담겨 있다고 본다면 그것을 정화시켜 다가오는 내일을 위하여 참되고 진실함이 돋보이게 하는 지혜가 부족해 아쉽다. 내일이면 오늘 걸어온 자취도 추억으로 남을 삶이겠지만 아름다움이 있었으면 하는 바람이다.

추억을 살라버리려고 사진첩을 정리하면서 그리움과 가슴 울리는 추억이 함께 하였던 기억들을 함께 지워가려고 했다. 그러나 가슴으로, 마음으로 간직하였던 일들이 쉽게 지워지지는 않을 것이다. 오히려 그 추억들을 간직하고 싶다. 아름다운 삶은 행복한 미소를 머금을 수 있는 추억으로 자리매김하며, 그 추억을 오래도록 간직하며 되새기고 싶다.